커피는   내게   숨이었다

커피는 내게 숨이었다
— 한 모금의 환상이 불러온 이야기

2024년 3월 28일 처음 찍음

지은이 이명희 | 펴낸곳 도서출판 낮은산 | 펴낸이 정광호 | 편집 강설애 | 제작 세걸음
출판 등록 2000년 7월 19일 제10-2015호
주소 04048 서울시 마포구 어울마당로5길 16 반석빌딩 3층
전화 02-335-7365(편집), 02-335-7362(영업) | 팩스 02-335-7380
홈페이지 www.littlemt.com | 이메일 littlemt2001ch@gmail.com
인스타그램 @little_mt2001
제판·인쇄·제본 상지사 P&B

ISBN 979-11-5525-172-0 03810

커피는 내게 숨이었다

이명희 에세이

낮은산

그러지 말고 일단
커피부터 한잔해

환자분. 제가 그때도 말씀드렸잖아요. 환자분한테는 지금 빈속에 커피가 제일 안 좋다니까요? 근데 왜 또 드셨어요.

아니, 의사 양반. 제 얘기 좀 들어 보세요.

오전 8시면 아이가 깨어 있어요. 그럼 저는 이미 사라지고 없어요. 이건 도저히 이길 수 없는 싸움이라고요. 아이란 그런 존재예요. 그래서 일단 커피부터 마실 수밖에 없는 거라고요.

저기 환자분. 죄송한데 요점만 좀……

뇌병변 장애가 있는 저희 아이는 수면 부족 시 경기할 가능성이 높대요. 아, 뇌전증이 왜 뇌전증인 줄 아세요? 뇌에 번개가 치는 고통이 있기 때문이래요. 너무 끔찍하지 않나요? 나도 그렇게 될까 봐 되게 무섭잖아요. 그래서 저도 일단 커피부터 마시는 거예요.

저의 하루는 잠에서 깬 아이의 두 팔을 위로 올려 아이가 기지개를 켜게 하는 것으로 시작해요. 아이에게 장난을 치며 웃고 있지만 사실은 고도로 집중해 아이를 관찰하는 시간입니다. 기지개를 켜는 자세와 몸의 긴장도, 표정 같은 것을 보면 아이가 어젯밤 어떻게 잤는지 대충 알 수 있거든요.

이게 참 거시기한 거예요. 저는 토마토를 참 좋아하는데요, 새벽에 오줌 마려울까 봐 저녁에는 참는단 말이에요? 아이를 낳고는 쭉 그렇게 됐어요. 그러나 어쩔 수 없는 날도 있잖아요. 방울토마토 500g짜리 한 통 다 먹어 버리고는 에라이 모르겠다, 나올 테면 나와 보라지, 그렇게 되는 날도 있는 거잖아요. 그런 날은 어떻게 되겠습니까. 저는 살아 있는 유기체이기 때문에 새벽 3시쯤엔 오줌을 눠야겠죠. 그럼 소리가 날 겁니다. 최대한 데시벨을 낮추려 노력은 해 보겠지만 한계가 있지 않겠어요? 정말이지 무소음 변기 개발이 시급해요. 왜냐하면 제가 오줌 누는 소리에 아이가 깰 거기 때문이에요. 아이는 눈이 보이지 않게 되면서 귀가 정말 밝아졌거든요.

시한폭탄 같았어요. 아이를 낳았는데 집에 시한폭탄이 들어온 것 같더군요. 거기다 저는 웰에듀케이티드 인간이니 자식을 두고 그런 생각을 했다는 것에 자책하지 않았겠어요? 미치겠더군요. 근데 그렇게 미칠 것 같은데도 미치지 않았어요. 진짜로 미친 사람들? 그분들 정말 대단하신 겁니다. 저는 끝내 놓지 못한 걸 그들은 놓았다는 거니까요.

수면 장애가 있는 아이는 늘 잠이 부족해요. 저는 아이를 자주 안아 줍니다. 안아 주면 아이가 몸에 긴장을 푼다는 걸 알기 때문이에요. 그러다 잠에 들기도 하는데 그런 날은 대박이지요. 한 30분만 재울 수 있어도 저는 꼼짝않고 제자리에 서서 아이를 안고 리듬을 타요. 둥실둥실 움직입니다. 허리가 아작 나기 시작하죠. 최근엔 무릎도 아프기 시작했어요. 하지만 어쩔 수 없습니다. 당장 오늘 조금이라도 더 재워야 내일도 있는 거니까요. 내일이 있는 삶을 바라냐고요? 아, 거기엔 묵비권을 행사해도 되겠습니까?

한의원에서 그러더군요. 제 오른쪽 등이 왼쪽 등보다 더 넓대요. 아이를 오른쪽 어깨로 들쳐 안은 시간이 제 몸에 그렇게 흔적을 남긴 모양입니다.

외출했다가 집에 돌아오는 차 안에서 아이가 잠들었다? 그럼 끝까지 갑니다. 애가 깰 때까지는 그냥 쭉 액셀 밟는 거예요. 집 근처 골목을 빙글빙글 돌아요. 가급적 카페가 있는 골목을 택합니다. 아이가 깨면 아이스라테 한잔 테이크아웃해 올 수 있는 묘수를 부리기 위해서지요. 그 커피 한잔은 저의 남은 하루를 또 살게 할 테니까요. 저는 지금 한 번 사는 인생 잘 살아 보려고 몸부림치는 게 아니에요. 더 활기차게 살려고 커피를 마시는 게 아니란 말입니다. 설명이 좀 어렵긴 한데요 음, 저는 숨 한번 들이마시고 다시 내려가려는 거예요. 다시 가라앉을 걸 알고도 잠시 수면 위로 떠오르기 위해 열심히 발길질하는 거라고요. 제 말 알아들으시겠어요?

아니요, 모르겠습니다.

되돌릴 수 없는 일을 매일, 하루도 빠짐없이 매일, 그것도 하루에 수십 번씩 마주하는 건 쉽지 않아요. 그게 쉬운 사람도 있을까요? 저는 전혀 익숙해지지 않네요. 혹시 제가 직장에 나가야 해서 '의도된 어쩔 수 없음'으로 아이를 몇 시간쯤 볼 수 없다면, 하루에 몇 시간쯤은 아이 생각을 안 할 수도 있었을까요?

아이는 6년 전 사지 마비 진단을 받았어요. 갑자기 그렇게 됐지요. 우리가 옛날 옛적에, 하고 시작하는 이야기들은 다 픽션이라는 전제를 깔고 듣잖아요. 근데 그게 아닐 수도 있겠더라고요. 그 이야기들이 진짜로 일어난 일들을 바탕으로 지어졌을 수도 있겠더라니까요? 해님과 달님이 된 남매의 엄마가 진짜로 호랑이에게 잡아먹혔을 수도 있는 거라고요. 정말 무섭지 않나요? 그러니 별 수 있나요. 일단 커피나 마셔 보는 수밖에요.

아이는 이제 자기 손가락을 입으로 스스로 가져가 빨며 안정감을 취하기도 해요. 발을 버둥거리며 자신의 기분을 표시하기도 하지요. 온몸에 힘만 내내 주고 있던 시절도 있었으니, 그때에 비하면 이 모든 게 기적 같지만 문제는 저의 기억이에요. 저는 아이가 그 작은 손가락으로 세탁기의 버튼을 눌러 대던 장면을, 김밥에서 당근만 쏙 빼던 버릇을, 계단을 오르며 성취감에 주체 안 되던 그 반짝이던 눈빛을 똑똑히 기억하고 있거든요.

남들은 이제 '네가 받아들인 것 같다' '놓을 건 놓은 것 같다' '역시 시간이 약인가' 말할지도 모르겠어요. 그러나 그건 사실이 아닐 거예요. 제가 그냥 모른 척하며 대충 사는 걸 겁니다. 느껴지는 만큼 모두 느끼고 산다면 글쎄요, 저는 오늘 밤과 내일 아침 사이를 어떻게든 끊고 싶지 않겠어요? 그래서 제가 매일 아침 커피부터 마시는 거예요.

아이에게 아침은 먹여야지요. 해보는 데까지는 해보는 겁니다.

예전에 입으로 잘 먹던 아이였으니 일단 입에 음식을 넣어 봅니다. 잘 먹진 않아요. 먹는다고 표현하기엔 무리가 있습니다. 자기 입에 들어온 음식을 삼킬지 뱉을지 고민하다가 억지로 넘기는 식이죠. 마치 토하고 싶은 걸 참고 꿀꺽 넘기는 것처럼 보여요. 괴로워집니다. 뭐 하는 짓인가 싶죠. 힘들게 배와 위를 연결한 위루관으로 편하게 영양분을 주면 될 것을 말입니다. 그래도 저는 멈출 수가 없어요. 왜냐하면 제가 죽고 나서도 아이가 입으로 밥을 먹었으면 좋겠거든요. 그러니까 이건 한 50년짜리 재활 훈련 프로그램이 되겠네요. 볼 수 없고 만질 수 없어도, 세상에 있는 다양한 음식들 먹으며 삶을 누리다 갈 수는 있는 거잖아요. 그게 욕심인가요?

자, 이제 등교 준비가 다 되었어요.

차로 15분쯤 이동해 학교에 도착하면 아이를 휠체어에 앉히고 교실을 나와요. 그 해방감을 어떻게 설명해야 좋을까요. 너무나도 기쁜 나머지 저는 웃음부터 실실 나오죠. 하지만 학습된 관찰력으로 보고 말았어요. 아이는 지금 휠체어에 앉아 있기 싫어 온몸에 힘을 잔뜩 주고 있네요. 그러나 못 본 척하기로 합니다. 일단 제가 살고 보는 거예요. 학교 교문을 나서고 1분쯤 걸었을 뿐인데 어젯밤부터 저를 괴롭히던 두통은 사라지고 없어요. 마법 같지요.

그러니까 저는요, 의사 선생님.

아, 죄송해요 환자분. 제가 잠시 졸았습니다, 네, 계속 말씀하세요.

저에게 하루 24시간은요. 아이가 잠들어 있는 시간과 아이가 깨어 있는 시간으로 나뉜다는 말을 하고 싶은 거예요. 그 둘이 완전히 다른 세계라는 말을 하는 겁니다. 저는요. 아이가 깨기 전에 커피를 마셔야 해요. 엄마로서의 제가, 그러니까 공적인 이명희가 작동하기 전에 사적인 이명희를 위로하고 싶은 거예요. 그래서 저는요. 아이가 깨기 전에 커피를 마셔야만 해요. 모처럼 신나게 몰입하고 있던 글쓰기를 중단하고 응, 엄마가 얼른 기저귀 갈아 줄게, 노트북 닫고 일어서야 할 저에게 커피 한잔 건네고 싶은 거라고요.

그래서 아이가 잠들었을 때 커피포트를 방으로 가져와 물을 끓이는 거예요. 물 끓는 소리가 최대한 작게 들리도록 연구에 연구를 거듭했지요. 방에 있는 옷가지들을 잡히는 대로 커피포트 위에 마구 쌓아요. 커피포트 바로 위엔 면 100%로 된 옷을 올려 두는 것도 잊지 않지요. 유해 물질 발생을 최소로 하려는 치밀함이에요. 그런 걸 보면 저도 참 대단하네요. 생에 대한 의지가 상당합니다, 그렇지 않나요? 옷으로는 부족하단 생각이 들면 침대 위 베개까지 동원합니다. 거기까지 하면 이제 저는 최선을 다한 거예요. 그때부터는 소원을 빌지요.

지금 이 집에 깨어 있는 사람 저뿐이게 해 주세요, 네?

의사는 위내시경 수면마취제로 프로포폴을 쓸 거라고 했다.

저 작은 병 하나면 나는 잠들 수 있을 것이다. 잠에서 깨어났을 때 어느 것 하나 변한 건 없겠지만 그래도 잠시 나는 모든 것에서 자유로워질 것이다. 기억을 지울 수 없는 내게 기억할 수 없는 시간은 완전한 자유일 것이다.

네, 이름, 생년월일 확인했고요. 잠드는 거 확인해야 하니까 눈 감지 마시고요. 이제 마취제 넣겠습니다. 검사 시작하겠습니다.

부디 이 모든 것을 잊게 하소서.
저를 깊이깊이 잠들게 하소서.

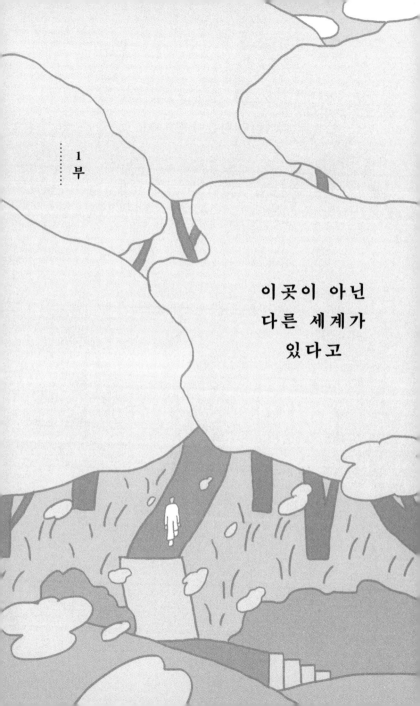

1부

이곳이 아닌
다른 세계가
있다고

우유와 에스프레소가
섞이려면 시간이 필요해요

아이는 네 살 때 원인 불명의 뇌손상으로 사지가 마비되고 시력이 상실됐다.(아, 이걸 이렇게 한 문장으로 적어 낼수 있다니 시간의 놀라움과 잔인함이란!)

아이의 달라진 몸 상태에 맞춰 학교를 옮기기로 했다. 발달장애 아이들을 위한 특수학교에서 시각장애 아이들을 위한 곳으로 가는 거다. 새로운 학교로 옮기고 나면 일단 큰 고비는 넘기는 거였다. 유치원을 졸업하고 같은 재단의 초등학교로 입학시킨 뒤에는 같은 학교로 중·고등학교를 보내면 될 터였다. 이제 정만 붙이면 된다고 생각했다.

그런데 학교를 옮기고 보니 지체장애도 있는 내 아이에게는 아무래도 지체장애아들을 위한 특수학교가 더 맞지 않을까 싶었다. 곤란했다. 이미 이곳으로 옮기는 데도 마음을 많이 쓴 상태였다.

아이의 시각장애를 증명하기 위해, 다니던 대학 병원에서 뇌파검사를 받아야 했다. 앞을 볼 수 있었고, 당연히 앞으로도 쭉 그럴 거라 믿으며(믿고 자시고도 없었다. 그건 살아 있다면 잠이 오는 것처럼, 자고 나면 내일이 오는 것처럼 당연한 거였다.) 미숙아망막병증 검사를 정기적으로 했던 진료실에서 "빛 정도만 감지하고 나머지는……"이라는 말을 들었다. 그 뒤에 이어지던 의사의 침묵에 소름이 돋았다.

차갑기로 유명한 대학 병원 교수들이 하나같이 내 앞에서 시선을 내리깔았다. 사람 목숨 끊어지고 이어지는 일에 무뎌질 대로 무뎌진 그들에게도 안타까운 일의 레벨이라는 것이 있겠지. 그 고개 숙임은 인정의 표시였을까. 일이 되돌릴 수 없게 됐다는. 의사로서의 양심과 명예를 모두 걸어 봐도 자신이 손쓸 방법은 더 이상 없겠다는 인정 말이다. 정작 나는 그 인정을 조금도 시작하지 못했다. 내 마음 어딘가에서 왜 하필 그게 우리여야 했느냐고 외치고 있었다. 나는 방금 '우리'라고 했다. 아직 아이에게서 조금도 떨어지지 못한 것이다. 비탄. 그 완전한 상실은 내게 아직 멀었다.

서울에 있는(이듬해 개교 예정이던 한 곳을 제외한) 지체 장애인을 위한 모든 특수학교에 연락해 입학 상담을 신청했다. 대표 번호로 전화를 걸어 입학 상담 담당자와 통화를 좀 하고 싶은데요, 말할 때 나는 최대한 의식 있고 교양 있는 자의 목소리를 만들어 낸다. 우리 애 함부로 대하면 알아서들 해, 속마음을 목소리에 싣는다. 나는 아이에게 더 맞는 학교를 찾겠다는 일념으로 학교들을 둘러본 게 아니었다. 부모라면 응당 그리하는 것이 맞는다는 의무감이 반이었고, 그러지 않았다가 나 자신을 혐오하게 될지 모를 일을 예방하려는 마음이 반이었다.

아이가 성장하며 경험하게 될 교육 과정, 그것도 장기간 입원해 누워 있는 일 없이 자라야 겨우 경험해 볼 수 있을 우리나라 최상의 교육 수준이, 그토록 힘겹게 살아남은 내 아이를 기다리고 있다는 그 12년의 학교생활 속 기회들이 내 앞에 나타났다 사라지기를 반복한다. 묵직한 발 신중히 교차해 복도를 지나가고 있는 초등학교 6학년쯤의 남자아이와 스쳐 도착한 체육관에는 이미 신체 성장은 다 마친 것으로 보이는 학생 예닐곱 명이 휠체어에 앉아 고개를 떨구고 있었다. 지은 지 얼마 안 된 반짝거리는 체육관에 누군가 바닥에 튕겼을 농구공이 아직 기세를 누그러뜨리지 않고 있다. 울림 좋은 체육관 안에 살아 있는 사람들은 꼼짝 않고 말이 없는데 농구공 저 혼자 활개 치고 있었다.

살다 보면 내게도 지나온 세월에 감사하는 날이 올지 모른다. 삶의 진정한 아름다움이란 사실 우리 아이들에게 있었다며 장애인의 날 특집 방송에 나와 이 학교를 배경으로 인터뷰하고 있을지도 모를 일이다. 인터뷰에 앞서 집에서 챙겨 온 호두과자와 캔커피 같은 것들을 박스째 방송사 제작진들에게 나눠 주고 있을 수도 있겠다. 나의 인격 수준이 도달한 경지를 두고 찬사가 쏟아질 것이다. 진짜 사랑이 무엇인지 알려 준 건 바로 내 아이였다며 마침내 갖게 된 영적 충만함을 도저히 숨길 방법이 없어 나는 두 눈 가득 그것을 뿜어내고 있을 것이다. 그러나 어느 시청자는 그 눈빛이 너무 부담스러워 당장 채널을 돌리고 말리라.

결국 돌아본 학교들 모두 마음에 들지 않았다. 교내에 무려 수중 치료실까지 구비되어 있는, 딱 봐도 경제적 지원이 빵빵해 보이는 학교는 시설에 비해 학교가 너무 적막하다는 이유로 싫었다. 반대로 하나의 교실을 여러 학년이 함께 쓰고 있는 영세한 규모의 학교를 둘러볼 때면, 학교 같지 않은 학교여도 좋으니 제발 아이와 좀 떨어져 있게만 해 달라고 바라던 내 마음을 들킨 것 같아 불편해졌다. 내 안에 그런 마음이 있다는 것을 인정할 수 없는 나는, 화를 냈다. 이런 곳에 내 아이를 맡기라고? 학교 운영할 거면 똑바로 해! 경고하는 눈빛을 하고서 서둘러 학교를 빠져나왔다.

두 발 딛고 서 있는 곳을 두고, 여긴 내가 있을 곳이 아니었다고 뇌까리는 내가 사라지지 않았다. 내 안의 어떤 내가 조금도 희미해지지 않았다. 어떻게든 나를 벌하려는 나와 어떻게든 죗값을 치르려는 내가 내 안에 팽팽하게 살아 숨 쉰다. 그런데 나는 그들을 화해시키지도, 살리지도, 죽이지도 못하고 있다.

지금의 학교로 마음을 정한 건 한 잔의 아이스라테 때문이었을 것이다. 알고 지내던 순화 언니의 아이가 다니고 있는 학교로 입학 상담을 왔던 날, 상담을 마치고 나온 내게 그녀는 커피를 사 줬다. 커피 한 모금 쭉 들이켠 뒤 내가 뱉은 말은 "와 이거 진짜 시원하다"였다. 그때 그녀가 "그지?"라고 말하며 웃었는데 나는 그걸 "기가 막히지?"로 듣는다.

그녀가 짓고 있던 미소가 나를 설득했다. 어차피 마음 안에 정해 둔 답이 있는 한 어딜 가도 성에 안 차지 않겠느냐고. 어쩔 수 없는 건 어쩔 수 없는 거고 일단 지금은 이렇게 맛있는 커피 한잔 마시며 마음을 달래 봐야지 별 수 있겠느냐고 말하는 것만 같았다. 그날 우리는 학교 이 야기는 하지 않았다.

커피를 단숨에 마셨다. 테이블 위에 다시 내려놓은 유 리잔이 우유 때문인지 한동안 뿌옇더니 점점 투명해지기 시작한다. 조금씩 제 모습 드러내고 있는 유리잔을 바라 보며 아마 학교는 여기로 정하게 될 것 같다고 생각했다.

장애인의 학문 탐구에 혁신적으로 도움을 줄 수 있을 설비들이 잔뜩 구비되어 있던 학교들에 마음이 전혀 동 하지 않았던 건, 그 최첨단 인체공학 기계를 유용하게 사 용하는 쪽이 내 아이는 아닐 거라는 걸 알고 있었기 때문 이다. 지금 내 앞에서 이 학교 시설에 대해 너무 자세히, 어쩌면 자랑스럽게까지 설명하고 있는 진학 상담 교사에 게서는 내가 느끼는 비통함을 찾아볼 수 없다는 것이, 이 기계들이 제아무리 대단한 것인들 자기 자녀가 사용할 일은 절대 없을 거라는 확신이 없고서야 지을 수 없을 것 같은 자부심 넘치던 그 표정이 내 억울함과 죄책감을 건 드렸다.

나는 어디에도 속하지 못하고 있었다. 어서 와, 여기

가 이제 너의 세계야, 아무렇지 않게 나를 반기며 손 내미는 쪽 말고. 그렇게 받아들일 거 이미 다 받아들이고 그럭저럭 편해진 사람들이 있는 곳 말고. 내게는 혼자 머물 곳이 필요했다. 힘들게 보내야 할 시간이 더 남아 있었다.

아직 당황한 사람들이 서 있는 곳에서,

아직 삶을 용서하지 못한 사람들이 있는 곳에서,

아직 자신을 안아 주지 못한 사람들이 있는 곳에서,

나는 좀 더 머물러야 할 것 같았다.

아이를 학교나 치료실에 보내고 나면 나는 바빠진다. 내게 필요한 건 오직 빠른 판단 능력과 책임감 있는 태도. '하필이면'과 '때마침'을 넘나들고 '덕분에'와 '때문에'가 교차하는 세기의 서스펜스다. 우연과 운명이 바통을 주고받는 매일의 커피 마라톤.

어떤 커피를 언제 어디서 마셔야 나를 잠시 이 현실에서 건져 낼 수 있을지 정확히 분석하고 빠르게 행동해야 한다. '때마침' 컨디션이 좋은 아이를 교실에 들여보낸 뒤 카페로 향하는 운 좋은 날과, '하필이면' 아이가 열이 올라 내내 집에 있어야 하는 날 중에 어떤 날이 먼저 나를 찾아올지는 알 수 없다. 크림라테를 마시겠다는 순화 언니 '덕분에' 나도 고소한 라테가 아닌 달달한 크림라테를 주문하고, 어쩌다 너무 심하게 맛없는 카페라테를 마시고 영혼까지 상처받았기 '때문에' 그 상처를 치유하기 위해 어쩔 수 없이 애 학교 보내자마자 달려간 라테 기막히게 뽑아내는 카페에 들어서고 있는 나.

이쯤에서 제게 묻고 싶은 분이 계실까요? 아니 뭘 그렇게 의미 부여해 가며 복잡하게 사슈? 그냥 마시고 싶은 커피가 뭔지 생각한 다음에 그걸 마실 수 있는 상황이 됐을 때 딱 마시면 되는 거 아니유?

네? 뭐라고요? 아니 잠깐, 잠깐만요. 타임! 타임! (기가 막힌다는 듯 실소 날리며 양쪽 손바닥 교차해 세우고 T자 만들며 커트 커트 혼자 외친다.)

있잖아요, 이건 말이에요. 그렇게 간단한 문제가 아닙니다. 저에게 커피는 말이에요. 여러분이 생각하시는 그런, 그런 정도의(순간 과호흡이 와 숨을 고른 뒤) 그런 게 아니란 말입니다.

커피는 저의 하루가 또 시작됐음을 스스로에게 알리는 하나의 의식이에요. 현재로선 제 삶에 허락된 단 하나의 자유이기도 하지요. 어디 한군데는 완전한 통제권을 지니고 있어야 그래도 사람이 살 거 아니에요. 이것조차

빼기면 그땐 정말 붙들고 있을 게 없다는 생각에 지금 당장 내가 세상에서 사라져도 상관없을 것만 같은 생각이 든단 말이에요. 그걸 모르시겠어요?

사람들이 나쁜 짓 이상한 짓 멍청한 짓 하는 게 다 그런 거잖아요. 자기 인생이 뜻대로 안 되니까 괜히 사람 괴롭히고 동물 괴롭히고 악플 달고 소동 벌이고 그러는 거잖아요. 그러니까 이건 말이에요 그냥 커피가 아닌 거예요. 이건 말이죠, 세상의 모든 악으로부터 저를 지켜 주는 수호신이라고요. 아시겠어요?

나는 매일 어떤 손님 A가 된다.

성별은 여자. 머리는 항상 묶고 있으며 쌍꺼풀이 있고 눈썹이 아주 진한 어떤 손님 A. 음료는 따뜻한 라테 아니면 아이스라테를 시키는데, 한 번씩 달달한 시럽이 들어간 헤이즐럿라테를 시키기도 한다. 특이 사항이라면 한번 달달한 커피를 시키기 시작하면 한 닷새 연속 같은 커피만 주문한다는 점인데, 왠지 집요하고 집착이 강할 것 같아 보이는 건 아마 그 때문일 것이다. 추운 날씨엔 라테의 우유를 아주 뜨겁게 데워 달라고 요청하는 A. 아마도 한참 뒤에나 커피를 마실 모양이다. 카페가 갖고 있는 A에 대한 정보는 이 정도. 이름도 나이도 직업도 모른다. A

가 다시 이곳을 찾지 않는다면 더는 A를 만날 수 없다. 하지만 우리 사이는 이것으로 충분하다는 듯한 A. 커피를 받을 때 A는 크게 안도하는 눈치다. 뭔가를 확보한 듯한 만족감이 얼굴에 비친다. A는 항상 혼자 이곳에 오는데 꼭 혼자이기를 간절히 원했던 사람인 것 같다. 편안해 보인다.

나는 A가 되기 위해 오늘도 카페에 간다. 아이 등굣길에 느릿한 앞차를 향해 '나도 이번에 신호 받아야 해, 밟아, 밟아, 밟으라고!' 외치고 학교에 부랴부랴 도착해 아이를 휠체어에 앉히며 마음은 이미 오늘 가려는 카페에 건너가 있는데 다정한 우리 담임선생님, 명준이 어제 기침하던 건 좀 어떻습니까, 물으신다. 대답을 얼버무리고 있는 나의 두 발은 벌써 교실 출입문을 향해 슬금슬금 움직이고 있다. 나는 오늘도 어떤 손님 A로 잠시 살아 있기 위해, 카페에 간다. 커피를 마신다.

무표정으로 카페에
들어가는 법

'손님에게 절대 말 걸지 않기로 약속' 옵션을 제공하는 미용실이 있다면, 아마 나는 그곳에 평생 다닐지도 모른다. 관계의 거리에 비해 너무 깊은 질문들이 오가는 곳, 그곳은 미용실이다.

'머리 어떻게 해 드릴까요' 다음에 훅 들어오는 질문에, 자리에 앉자마자 일어나고 싶었던 적이 있었다. 나의 경우, 직장 다니시나요?(아니기에 아니라고 하면) 결혼했어요?(맞기에 맞는다고 하면) 아이는 있어요?(맞기에 맞는다고 한다.) 흐름인데, 대충 말 돌리는 거나 사람 말 끊는 거 못하는 나는 결국 애 신생아 중환자실에 있었던 얘기부터 털어놓게 될 것이다. 그러나 내가 거기서 내 얘기를 다 하고 나올 수 있을지는 미지수다. 내 상황을 들은 상대는 십

중팔구 자신이 아는 사람 중에 나처럼 장애아를 키우고 있거나 갑자기 장애가 생긴 누군가의 이야기를 꺼낼 것이기 때문이다.

삶의 모양이 갑자기 변한 누군가에 대해 제삼자가 꺼낼 수 있는 말이란 그 심정이 어떻겠어요, 정도가 고작이다. 누군가의 인생을 그 지경으로 몰아간 배경을 분석하기 위해 알고 있는 정보를 끌어모으고, 또 다른 누군가가 벌받는 것으로 일이 마무리되기를 바라는 정도가 전부일 것이다. 그나마 그것도 거기 없는 사람에 관해서나 할 수 있는 말이고 누가 들어도 비극이고 불행한 일이다 싶은 일을 실제로 겪은 이 면전에서는 겨우 한숨이나 뱉을 수 있을까 말까다. 그런데 그 한숨에는 어쩐지 무서운 기운이 서려 있다. 네가 그런 일을 겪는 동안 나는 아무것도 몰랐다는 것, 알았더라도 할 수 있는 일이 없었을 거라는 생각이 스친다. 그와 동시에 며칠 전 엘리베이터를 탔다가 층마다 멈추게 만들어 놓은 누군가의 장난에 너 누군지 나한테 걸려만 봐라, 응징과 처벌을 다짐했던 일이 떠오른다. 순간, 두려움이 차오른다. 그렇게 하찮은 일에 불평하며 살다가는 '너 내가 인생에서 뭐가 중요한지 제대로 알려 줄게' 하는 하늘의 가르침 한번 크게 받을까 봐 겁이 덜컥 난다. 사는 일이 갑자기 무서워진다.

애초에, 그쪽에서도 말이나 몇 마디 주고받자고 건넨 질문이었을 것이다. 정말로 내 삶 깊은 곳에 뭐가 있는지 궁금한 게 아니고 말이다. 누가 먼저랄 것도 없이 우리는 화제를 돌릴 궁리를 한다. 다행히, 우리 사이는 겨우 머리카락으로 이어져 있다.

그러다 이곳으로 이사 와 남편이 집에서 가장 가깝다는 이유로 들어간 미용실에 나도 다니게 됐다. 오며 가며 장애인 유아차에 탄 우리 아이를 미용실 원장님도 자주 봤으니 내겐 그보다 편한 곳이 없었다. 아이에 관한 이야기는 하지 않아도 됐다.

오랜만에 들른 그 미용실에서 샴푸를 하고 다시 자리에 앉으려는데 한 손님이 미용실로 들어왔다. 손님 얼굴을 거울로 확인한 원장님이 "아, 자기가 오늘이었던가?" 무심히 말한다. 내 앞의 거울 속에서 여자의 얼굴에 실망감이 스치는 것을 보았을 때 둘 중 한 명은 예약 시간을 잘못 알고 있음을 짐작했다. 나는 드라이는 됐으니 당장 이곳을 나가게 해 달라고 말하고 싶은 심정이 되었다.

계산을 하려는데 그 중년 여자 손님이 원장님에게 뭔가를 건넨다. 슬쩍 보니, 몇 년 전만 해도 동남아 다녀온 사람들에게서나 받을 수 있었던 말린 망고 한 봉지다. 신용카드 영수증이 아직 나오지 않아 어쩔 수 없이 미용실을 빠져나가지 못하고 있는데 올 것이 왔다. 등 뒤에서 그 손님이 이 말을 뱉는 걸 듣고 말았다.

"자기 나 잊었지."

미용실에 들어서고 있는 사람들에겐 머리를 해야 할 그들만의 이유가 있다. 며칠째 혹은 몇 달째 거울을 볼 때 마다 확인되고 있는 '수정이 시급한' 모발의 질감이나 부피, 모양과 색상, 길이에 심각한 문제가 있는 것이다. 이거 원 염색을 하든지 해야지.

머리를 깔끔하고 단정하게 만들려는 실용적인 목적 외에 기분 전환이라 뭉뚱그려 말할 수 있을 미신적인 목적으로도 우리는 미용실에 간다. 나 이제 진짜 새출발하려고.

그러나 길 가는 아무나 붙들고 "제 머리 좀 이상하지 않나요?" 묻는다면 "글쎄, 저는 잘 모르겠는데요"라는 대답만 돌아올 것이다. 남 보기에 '그렇게 이상한 머리'는 세상에 없고, 정작 머리를 손볼 필요가 있는 이들은 자기 모발에 어떤 문제의식도 갖고 있지 않을 것이다. 우리는 생각보다 남들에게 관심이 없다.

내가 나를, 누가 나를 오래도록 쳐다보도록 세팅된 장

소. 그럴 수밖에 없는 일이 일어나는 곳. 나를 위해, 나를 더 나아 보이게 하기 위해 누군가가 정성을 다하고 있음을 눈앞에서 확인할 수 있는 곳. 너무 간지럽고 너무 다정해 너무 뜨거운 그곳.

머리를 하러 미용실에 가면서 사람과 얘기도 나누고 마음도 나누고 싶은 건 자연스러운 욕구일까 아닐까. 이곳은 현대인의 고립감을 해소하고 울적한 마음을 달래려 오는 곳인가 아닌가. 어차피 모두가 가끔은 외롭고 대개는 고독한 거라면, 혼자만 그런 건 아니라는 공감대 속에서 잠시 따뜻해져도 좋겠지.

문제는 인간이란 말린 망고 한 봉지를 내밀면서 말린 망고만 건네기란 힘들다는 데 있다. 내가 너를 이렇게 소중하게 생각하고 있어, 그러니 너도 나를 좋아해 주거나 내게 고마워해 주면 좋겠어. 아무리 그 숨을 죽여 놔도 자꾸만 부풀어 오르는 바싹 마른 이불솜처럼, 마음의 일이 뜻대로 되지 않을 것이다.

짝사랑을 고백하며 나 지금 나 좋아해 달라고 하는 얘기 아니야, 그냥 내 마음 알아주기라도 했으면 하는 거야. 그 조용하고 애절한 고백은 실은 무기를 삼킨 말. 날 좋아할 수 없다면 나를 볼 때마다 조금은 불편해지기라도 바란다는 마음이 그 안에 있었던가 없었던가. 어떻게든 조금이라도 너를 흔들고 싶다는 내 바람은 쉽게 사라지지 않는다.

자기 자신에게든 중요한 타인에게든, 자신이 어딘가에 아직 영향을 미칠 수 있다는 존재라는 사실 확인의 기회는 인간이 살아 있기 위한 필수 요소다. 무언가를 밀어 내거나 당겨 볼 힘이 아직 나에게 있다는 환상의 확인은 누군가의 생의 의미(그래도 내가 쟤 때문에 살지.) 혹은 생의 무의미(너 이제 나 필요 없잖아.)와 손쉽게 연결된다. 내가 살아 내고 있는 이유, 내가 죽지 않고 있는 이유. 거기엔 아름답고 끔찍한 세상의 모든 것이 올 수 있다.

동네 카페에 혼자 앉아 있는데 손님 한 명이 들어왔다. 아이스라테를 주문하더니 커피가 나오기도 전에 카페 주인에게 말부터 건다. 자신은 저기 저 아파트에 살고 있다는 개인 정보부터 카페가 새로 생겼다고 해 한번 와 봤다는 개인 사정까지 한 문장으로 다 내뱉는다.

"근데 사장님은 왜 자전거 거치대를 카페 앞에 안 세워 뒀어요?"

그러면 어떻겠냐는 제안 형식의 물음이 아니다. 있어야 할 자전거 거치대가 왜 여기만 없냐는 자극적인 질문. 세상에 나쁜 질문과 좋은 질문이 있다면 나는 그런 질문은 나쁜 쪽이라고 생각한다.(그때 왜 주변에 도움을 안 청했죠? 경찰에 전화부터 할 생각은 왜 못 한 건가요?)

카페 앞에 왜 자전거 거치대가 없는지 그 이유에 대한 카페 측 대답이 나오기도 전에 여자의 음성이 이어진다. 한강에서 자전거 타고 나온 사람들이 카페 선택할 때는 자전거 거치대를 설치해 둔 곳을 선호한다며 알아보시라고 권한다.(차라리 그 여자 손님이 자전거 거치대 업체 사장이었고, 카페나 식당 등을 돌아다니며 영업 중인 상황이었기를 바랍니다.)

나중에 카페가 잘 안됐을 때 카페 주인이 '그때 그 여자 손님 조언을 들었어야 했나' 생각하게 될 단서를 던져 보는 그녀. 벌써 나온 커피는 아직 맛보지도 않고서 단골 가게에서나 건네 볼 아이디어를 툭 내뱉고 카페를 빠져나갔다. 정말 이상한 여자다. 아직 커피도 안 마셔 봤으면서. 여기가 아직 소중한 카페도 아니면서!

그런데 나는 또 왜 이렇게 흥분하고 있는가. 그냥 아무 말이나 여기저기 뿌리고 다니는 게 취미인 사람일 수도 있지 않은가. 자신을 스스로 '마케팅 전략 기부 천사'

라 생각하고 사는 사람일 수도 있지 않은가 말이다.

그렇다. 나는 지금 그 여자를 생각하며 나를 생각하고 있다. 어딜 가든 나 자신을 확인하고 싶어 발버둥 치던 나를 떠올리고는, 그때의 나를 미워하고 있는 것이다. 의사 결정의 최상위 포식자에 '남들 눈에 보이는 나'를 올려놓고 살던 나는 너무 많은 사람을 의식하며 살았다. 누군가에게 무엇이 되어야만 내가 존재할 수 있었고, 누군가가 나의 무엇이 되었을 때만 상대의 존재를 인정했다.

나는 라테 한 잔을 빠르게 마신다.

그 카페를 좋아했다. 공간이 넓지는 않지만 카페 내부에 깔끔한 화장실이 있는 점은 화장실에 자주 가는 내게 반갑고 고마운 지점이다. 가사가 없는 음악만 쭉 틀어 주는 것도 마음에 든다. 혼자 책을 읽거나 글을 쓰러 들르기에 좋다. 베이커리는 따로 없어 카페 전체에 커피 향이 진하게 풍기는 것도 그곳만의 특색. 음료를 주문한 모든 손님에게 작은 비스킷을 하나씩 주는데 그거 공짜로 먹는 재미도 쏠쏠하다. 카페에는 큰 소리로 수다를 떨다 가는 손님들도 있지만 혼자 오는 손님도 많다. 자전거 헬멧을 쓰고 들어와 아이스 아메리카노 한잔 후다닥 마시고 나가는 손님도 있고 노트북 들고 느긋이 자리 잡은 사람들도 눈에 띈다.

유아차 안에 있는 아이가 잠든 것을 확인한 아이 엄마가 작은 소리로 아이스라테 한 잔을 주문하고 있다. 곧 마시게 될 그 커피는 얼마나 맛있을까.

그곳이 사람들로 차고 넘쳐 시끌벅적한 카페가 되길 바라는 건 아니지만 꾸준히 찾아오는 단골들이 있어 문 닫지 않았으면 좋겠다. 그렇다면 나도 한 번쯤 '사장님, 여기 베이글 세트 팔아 보시면 어때요?'라며 매출 확대 아이디어 하나쯤 던져 볼 수도 있겠다. 그러나 지금은 입을 다물어야 할 때다. '머핀 같은 거 좀 갖다 놓고 파시면 어때요?' 슬쩍 말해 놓고서 그 카페에서 머핀 세트 파나 안 파나 살피고 있지 않을 자신이 없기 때문이다. 〈신메뉴 출시! 베이글과 크림치즈+아메리카노 세트 5,500원(라테 변경 시 500원 추가)〉 안내문을 보고서 기쁘지 않을 자신이 없기 때문이다. 저걸 제안한 게 바로 저예요, 저라고요! 그날 하루 잔뜩 들떠서는 즐겁지 않을 자신이 없기 때문이다.

아직은 누구에게도 절대, 말린 망고 같은 건 건넬 수 없겠다.

커피 맛이 어땠는지는
기억나지 않는다

대학원에서 상담을 공부하며 늘 의아한 부분이 있었다. 여러 상담 이론에 의하면 내가 지금 얼마나 건강하지 않은(않았던) 상태라는 건지는 알겠는데, 그래서 뭘 어떻게 해야 한다는 건지에 대해서는 모호하기만 했다. 각 이론에서 말하는 가장 건강한 인간의 상태와 내 현재 모습 사이의 차이에 대해서는 그래, 동의가 됐지만 그래서 뭘 어떻게 해야 한다는 건지에 대한 이야기들은 와닿지 않았다. 특정한 접근법의 상담 효과를 입증하는 다종다양한 사례를 읽으면서도 나는 '그 사람이 정말 완전히 변했을까?' 의심을 거둘 수 없었다. 나는 내가 변할 수 있을 거라 믿을 수 없었다.

〈흥부 놀부〉 전래동화에서 흥부야 앞으로는 내가 진

짜 진짜 착하게 살게, 놀부의 다짐 들으며 과연? 의심했다. 〈개미와 베짱이〉 우화에서 개미야, 앞으로는 나도 너처럼 진짜 진짜 부지런히 살게, 맹세할게 맹세! 베짱이의 다짐을 들으며 왠지 내년 겨울에도 밥 달라고 개미 집 앞을 서성일 베짱이가 떠올랐다. 그것도 개미에게 면목 없고 부끄럽다 생각하는 베짱이가 아니라 어떻게 하면 이번 겨울에도 좀 빌붙을 수 있을까 머리 굴리고 있는 모습으로.

상담사로 활발히 일하게 됐을 때의 내 모습을 상상하며 잘해 보고 싶다, 나도 잘해 봐야지 그런 포부를 가져 봤을 법한 시점에서도 나는 내 오랜 의심을 거두지 않았다. 그거 끝까지 확인했어? A 씨가 언제까지 그렇게 살거로 생각해? B 씨가 정말로 편해졌을 거 같아? 잠시 애쓰는 것일 뿐이란 생각은 안 해 봤어? 사람이 변할 것 같아? 분명히 예전으로 돌아갈 거야. 반드시 타고난 모습으로 다시 돌아가게 되어 있다고.

놀부와 베짱이가 결코 변하지 않을 거라 믿으며 나는 나의 무엇을 그들에게 던졌을까. 다시는 상처받지 않도록, 누구에게든, 그 어떤 것도, 기대하지 마. 그게 너를 그나마 지킬 수 있는 유일한 방법이야. 알았지?

어떤 사람은 자신이 해칠 누군가가 옆에 있어야만 살

고, 어떤 사람은 자신을 해칠 누군가가 옆에 있어야만 산다. 이것은 무척 슬픈 이야기다.

오늘은 토요일. 아직 오전이다.

나는 혼자 잠실역에 내려 석촌호수 쪽으로 걸어가고 있다. 어디서 괴성이 들려 이어폰 한쪽을 빼고 고개를 드니 맞다, 여기 롯데월드가 있었지. 누군가에게는 아직 아침이라고 해도 좋을 시간에 벌써부터 하늘에 던져지고 있는 저들을 보라. 별안간 자유낙하를 하게 생긴 (돈 주고 설정된) 위기 속에서 있는 힘껏 소리 지르며 생명력을 뿜어내고 있구나. 공포에 차 있는 듯하지만 카메라 줌으로 당겨 본다면 어쩐지 모두 웃고 있을 것만 같다.

다치지도, 무엇을 잃지도 않고 원래 자신이 있던 곳으로 돌아올 수 있는 그 짜릿하고 안전한 게임. 이대로 삶이 끝날지도 모르잖아, 대박! 나 이제야 진짜 열심히 살 수 있을 것만 같은데? 부디 한 번만, 딱 한 번만 제게 기회를 주세요, 네? 간절히 바라게 되는, 그토록 벗어나고 싶던 지긋지긋하던 땅으로의 회귀. 놀이동산의 이용권이 꽤 비싼 이유는 바로 거기에 있으리라.

나는 이어폰을 다시 귀에 꽂으며 우리네 인생이란 오전 열 시 반부터 저렇게 소리 지르지 않고는 견뎌 낼 수 없는 것인가 생각했다.

카페에는 운 좋게 테라스 자리 하나가 비어 있다. 따뜻한 카페라테 한 잔 주문하고 자리로 돌아와 노트북을 켜고 로딩을 기다리는데 직원이 커피를 벌써 가져다준다. 한 모금 마셔 보니 일행이 있었다면 찐한 눈빛 보내며 동의를 구했을 만한 맛이다. 여기 커피 괜찮다, 그지?

건물 입구에 무슨 바리스타 세계대회 챔피언 어쩌고 적힌 홍보물이 세워져 있더니, 진짜 챔피언이 맞는 모양이다.

아직 여름 같고 벌써 가을 같은 날씨. 누군가는 반소매를 입고 있고 그 옆 사람은 꽤 두터운 머플러를 목에 두르고 있는데 그 모습이 별스러워 보이지 않는다. 그저 조화로울 뿐이다. 그렇지, 날씨란 누가 이겨 보겠다고 덤빌 대상이 아니지. 내 안과 밖의 온도 차를 좁혀 줄 의상을 골라 몸에 두르면 그만이다. 봄과 가을은 어쩐지 지나가는 계절인 것만 같다. 가을은, 아직 여름 같은 가을과 벌써 겨울 같은 가을이 있을 뿐이고 봄은, 아직 겨울 같은 봄과 벌써 여름 같은 봄이 있을 뿐인. 어디선가 멀어지고 있거나 어딘가에 가까워지고 있는 공기.

순전히 개인적인 취향이지만 나는 해가 들지 않는 곳을 좋아한다. 정확히는 해가 들지 않는 곳에서 해가 들어오는 곳을 바라볼 수 있는 곳을 좋아한다. 북향을 좋아하는 것이다. 해가 들어오기 시작한 석촌호수를 바라보고 앉은 이곳엔 아직 해가 닿지 않았다. 마음에 든다. 어디 그뿐인가? 월드 챔피언이 만들었다는 라테 한 잔, 글 쓸 노트북, 글이 쓰기 싫을 경우를 대비해 챙겨 온 재미있는 책 한 권이 모두 한자리에 있다. 그렇다면 오늘이야말로 진정 커피를 마셔 볼 수 있는 날인지도 모르겠다.

그런데 이토록 완벽한 내 자리 옆쪽에서 아까부터 너무 많은 말이 쏟아져 나오고 있다. 세 명의 여자. 얼굴만 봐서는 나이를 모르겠지만 목에 두른 형이상학적 무늬의 실크 스카프가 나보다 열 살쯤 많은 언니들일 것으로 추측하게 만든다. 오래전부터 날짜를 정하고 작정하고 만난 것만 같은 그들은 하소연과 욕, 한탄과 자기 위로를 고루 섞어 가며 말을 이어 가다 갑자기 소신 발언 비슷한 걸 하기도 한다. 대개는 조금 전 대화에 오른 인물에 대한 폄하 혹은 범우주적 허무에 대한 발언이다. 그거 다 부질없다니까? 그래 봤자 고마워하지도 않는다고!

그러나 얘기가 전개되는 모양을 보니(테이블 간 거리는

너무 가까웠고, 테라스 밖 인도는 너무 조용하다. 게다가 그들의 음성 데시벨로 말할 것 같으면…… 여기까지 하겠습니다.) 그것을 두고 대화라고 하기는 어렵겠다. 오히려 끝말잇기에 가깝다고 해야 할까. 이런 식이다.

A: 거기 새로 생긴 집 파스타 맛있더라.

B: 나 저번에 부여 놀러 갔을 때 대박 파스타집 발견했잖아. 진짜 거기 다들 꼭 가 봐야 해.

C: 부여에 나 그때 묵었던 숙소 괜찮더라, 거기 어디냐…….

상대가 누구여도 상관없는 이야기. 여기가 어디여도 상관없는 이야기들. 무슨 말을 해도 일단 동조하고 맞장구치는 분위기를 풍기는데, 어딘지 모르게 지난날 자신의 어느 하루를 위로하고 있는 듯한 눈빛들. 상대방의 말에 성급히 동의하며 공감해 주는 것 같긴 한데 그것도 글쎄, 상대 말을 듣고 있는 건지 상대 말 어디쯤에 끼어들면 좋을지 각을 재고 있는 건지 헷갈리게 만드는 뭔가 수상한 다정함. 서로가 아닌 다른 이를 만나고 있었어도 오가는 이야기는 똑같았을 것만 같다. 그들은 각자 스카프를 동여매고 나와 서로를 지지대 삼아 그 하루를 겨우 버티고 있는 걸까.

말소리는 끊임이 없는데 대부분은 자신들도 기억하지 못할 웅성거림. 그나마 브런치로 시킨 음식을 사진으로 찍어 두지 않았다면 어디에도 기억되지 않을 시간과 공간. 그들이 실크 스카프에 주렁주렁 달고 온 이야기들은 그들 앞에 놓인 버터 먹은 식빵과 함께 갈기갈기 찢기고 있는데 저런, 다시 그들의 입속으로 도로 들어가고 있구나.

그들의 모습을 '그렇게' 읽어 내는 동안 나 역시 이 카페에 내 이야기 하나를 달고 왔음을 깨달았다. 실은 어제 남편이 출근하며 했던 말이 머릿속에서 떠나지 않고 있었던 것이다. 토요일 아침부터 혼자 이곳으로 뛰쳐나오게 만든 건 바로 남편의 그 말이었다는 것을 나는 알아차리고 만다.

어제 아침, 그러니까 금요일 아침 출근길에 남편이 현관문을 열다 말고 작은 한숨과 함께 이런 말을 했다.

"그래, 오늘까지만 버티자. 오늘까지만!"

아이에게 아침을 먹일 참이었다. 내 온몸으로 아이의 몸을 고정해 안고 있었고 곧 시작될 아이와의 사투를 각

43

오하느라 냉장고에서 꺼낸 컵커피 하나에 빨대를 꽂고 있던 참이었다. 제법 선선해진 아침 바람에도 내 등에서는 곧 땀이 흐를 터였다.

남편이 나 들으라고 한 말은 아니었다. 스스로에게 주문을 걸듯, 자신을 달래듯 뱉은 말이었다. 그러나 그 말을 알아들을 수 있는 사람은 이 집에 나 하나였으니 따지자면 그건 독백 아닌 방백. 돈 버느라 수고가 많아, 정말 고마워. 누군가의 그 한마디가 꼭 필요했던 아침이었으리라.

가뜩이나 처지기 쉬운 집안 분위기를 더 가라앉게 하면 안 된단 생각에 평소에는 힘든 기색을 잘 내비치지 않는 그였지만 그날 하루는, 그 말을 꼭 입 밖으로 뱉어야만 했을 것이다. 어쩌면 남편은 가정 안에서 자신의 노고를 충분히 인정받지 못하고 있다고 느낀 것일지도 모르지. 그리고 방금 그 의문은 내가 그렇게 느끼기에 적을 수 있는 문장일 것이다. 나는 남편의 고단함과 절박함을 알고 있었다.

남편이 현관문을 닫고 빠져나간 자리에 문이 완전히 걸어 닫혔음을 알리는 도어락 기계음이 짧게 들린다. 다시 아이와 나만 남았다. 멜로디라고도 할 수 없을 그 단순한 기계음 하나로 세상의 안과 밖이 완벽히 갈렸다. 갑자기 나는 저 문이 다시는 열리지 않을지도 모른다는 생각을 한다. 안에서는 절대 뜯어낼 수 없는 접착제를 누군가 밖에서 지금 현관문 테두리에 두르고 있을 것만 같다. 그렇다면 내가 이러고 있을 게 아니라 아이를 바닥에 내려 놓고 당장 현관으로 달려가 문을 열어 놓아야지. 그래서 그러려고 했다. 그런데 그러려면 이미 자세를 잡은 아이를 다시 바닥에 눕혀야 하고 아이를 다시 안을 엄두는, 나지 않는다. 그러니 가만히 있기로 한다.

방금 집을 나선 사람이 나였다면, 하는 상상을 떠올리자마자 어디선가 풍선껌 냄새가 났다. 꽤 즐거운 일이 일어날 것만 같은 그런 기분. 나는 분주하게 출근 준비를 하고 집을 나선다. 운 좋게 잡아탄 엘리베이터 안 거울을 보며 머리 가르마 정도만 겨우 정돈하고 휴대폰으로 시간을 확인한다. 잘하면 7시 42분 지하철을 탈 수도 있겠어! 엘리베이터 문이 열리자마자 나는 뛴다. 어깨에 멘 가방이 자꾸만 내려오기에 아예 팔 전체로 가방을 움켜쥐기로 한다. 아이의 어린이집 등하원을 맡아 주고 계신 이모님이 좀 전에 집에 들어오며 기침을 두 번 연속으로 하시던 게 영 신경 쓰이지만, 잊기로 한다. 애가 열나면 어린이집에서 연락 오겠지 뭐. 생각하지 않기로 한다. 나는 전력 질주한다.

그 환상이 나를 놓아주지 않는다. 그 환상이 결코 꺼

지지 않고 내 안에서 계속 타오르며 나의 결단을 기다리고 있었다.

테라스의 또 다른 테이블에는 아버지와 딸이 마주 보고 앉아 있다. 엄마를 병원에 모시고 있는 딸과, 아내를 병원에 두고 온 남편. 그들의 입에서는 한 음절이 발화되기 전에 숨이 먼저 새어 나온다. 말의 이어짐이라기보다는 숨의 이어짐이다.

딸은 내 나이대. 그렇지. 이제는 우리도 병원을 들락거리는 나이가 됐다. 내가 아파도 말이 되고 부모가 아프대도 놀랍지 않다. 나는 그들의 처지에 마음이 가는 것과 별개로 그들의 사연이 너무 자세히는 들리지 않도록 주의하느라 괜스레 부산을 떤다. 노트북 타이핑 소리를 더 요란스레 만들고 가방을 뒤적거린다. 몸에 두드러기가 날 것만 같다.

그럴 수는 없는 거다. 여기 와서까지 아픈 사람을 떠올리긴 싫다. 나는 지금 아픈 아이의 엄마로 사는 게 지긋지긋해 여기 달려온 거였다. 도망치고 싶지만 도망칠 수 없어 도망친 셈이라도 쳐 보려 여기로 뛰쳐나온 사람이었다. 엄마와 아빠를 옆에 끼고 엄마 아빠 수다 떠는 소리에 아이가 깊은 안정감을 느낀다는 걸 알면서도 혼자 나와 커피를 마시는 중이었다. 여기서 이럴 수는 없었다.

그렇다면 이 카페테라스에서 나를 조금도 흔들지 않는 테이블은 저기 저 어린 커플이 앉아 있는 테이블뿐일 것이다. 음식에 비해 솔직히 너무 비싼 브런치 메뉴를 두 개나 시키고 앉은 그들은 일단 커피부터 마시고 있다. 음료는 당연히 아이스 아메리카노.

그들에게 다가가 혹시 요즘 고민이 있느냐 묻는다면 대답이 줄줄 나올 것이다. 그런데 그들의 젊음 때문일까? 뜻대로 돌아가지 않는 상황조차 모두 해결 가능한 일로 들릴 것 같다. 연이어 막막함을 말하고 있는 그들에게서 나는 삶의 희망을 또렷이 볼 것만 같다.

다 지나온 곳이었다. 나는 절대 돌아갈 수 없는, 다시는 내가 머물러 있을 수 없는 곳이었다. 그들이 그곳에서 아이스 아메리카노를 빨고 있다. 그렇다면 여기서 나를 가장 크게 흔든 사람은 저들일 수도 있겠다.

카페 앞 도로를 자전거 타고 지나가고 있는 할머니 한 분을 보았다. 핸들 앞 철제 바구니에 대파 한 단, 양파 한 망 넣어 가는 할머니 모습을 보며 저거야말로 삶의 경쾌하고 아름다운 장면이라고 생각할 수 있었다면 좋았겠지만, 나는 저 나이 되도록 아직도 대파와 양파를 사 들고

가 요리를 해야만 하는 인간의 먹고사는 일에 진저리를
쳤다.

그러는 사이 두세 모금의 커피를 더 마셔 버렸다. 이
제 곧 찻잔의 바닥이 드러날 것이다. 커피 맛이 어땠는지
는 기억나지 않는다.

객장의 자판기
밀크커피

나는 '하고 싶다'는 동기보다 '해야 한다'는 의무감으로 움직이는 게 언제나 더 편했다. 만일 그러지 못한다면, 이라는 생각에 늘 불안했는데 그걸 자각하지는 못했던 것 같다. 열심히 사는, 나무랄 데 없는 사람이 되고 싶다고 막연히 바랐을 뿐이다. 타의 모범이 되기만 하면 다 괜찮을 것 같았다. 내 안의 누군가가 나를 감시했다.

안심할 방법을 모색한다. 이대로는 부족하니 달라져야 한다는 필요가 느껴지면 바빠졌다. 시간과 애정을 쏟아 한동안 붙들고 있을 만한 대상을 찾고 거기에 얼마나 몰입할지를 결정했다. 매일 아침 30분 동안 책을 읽고 하루를 시작해야겠다거나 주 3회 40분씩 자전거를 타겠다거나 액상과당이 들어간 커피는 마시지 않겠다는 다짐들을 마음에 세웠다. 그러면 그 실천 여부를 근거로 다시 나를 판단해 가며 열심일 수 있었다. 아직 이 삶에 대한 통제권을 내가 붙들고 있다는 실감이 나를 달랬다. 불안은 잔잔해졌다.

결심을 꼭 이행할 필요는 없었다. 애쓰는 장면 연출만으로도 효과가 있었다. 누군가에게 어여삐 혹은 가엾게 여겨지는 듯한 느낌이 들 때 나는 안도했고 그런 식으로 마음을 정돈하는 방식이 싫지 않았다. 나는 계속 그렇게 앞으로 갔다. 뭔가 잘못됐을지도 모른다는 생각은, 이건 진짜 내가 아닐지도 모른다는 의심은, 이대로도 괜찮다는 존중 그다음의 일일 터였다.

그래서 학교에 다닐 때는 불안을 피하기가 쉬웠다. 나에게 주어졌다고 믿는 의무 사항만 그럭저럭 이행하는 것으로, 어쩐지 모범적인 느낌을 풍기는 용모와 태도를 유지하는 것만으로도 충분했다. 일요일 오후엔 수학 문제집을 풀거나 영어 단어를 30개쯤 외우는 과제를 스스로 설정하고 그걸 해냈다. 틀리거나 맞힌 문제들의 흔적과 영어와 한글이 뒤엉킨 빼곡한 연습장 몇 장이 나의 존재를 확인시켜 주었다.

그런 식의 애씀에서 오는 안도감과 순수한 몰입에서 오는 성취감을 나는 구분하지 못했다. 일단 의무 사항을 수행했다는 사실이 나를 떳떳하게 만들었고 그러고 나면, 저녁 먹고 빈둥대다 요란하게 시작되는 개그 콘서트 오프닝 장면을 보고 있어도 불안하지 않았다.

🔘

언제였을까. 내가 커피를 마셔 본, 아니 커피라 불리는 액체의 맛을 본 최초의 순간은.

기억이 맞다면 그건 남아 있다고 말하기도 어려울 정도의 진흙색 몇 방울이었다. 엄마는 종이컵 가득 든 커피한 잔을 혼자 다 마시려면 어른이 되어야 하는 거라고 했다. 나는 얼른 어른이 되고 싶었다.

학교 앞 문구점에 팔던 극적인 단맛의 과자들에 익숙해 있던 내 혀에 충격을 가한 믹스커피의 맛은 그래, 확실히 그건 어른의 맛이었다. 달기만 한 것이 아니라 단맛 뒤에 따라오던 그 쓴맛이 나로 하여금 어른의 세계를 꿈꾸게 했다.

누울 자리를 보고 다리를 뻗는 능력은 인간의 본능인지라 나는 그 어른의 음료를 몇 방울이라도 더 마시기 위해 어떻게 해야 하는지 정확히 알고 있었다. 집에 가자고 계속 징징거렸다. 그곳은 춘천 시내의 한 증권회사 객장이었다.

그곳에는 영화관 좌석처럼 한쪽 벽면을 향해 같은 방향으로 값비싼 1인용 소파들이 쭉 늘어져 있었다. 그 우중충함은 강렬했다. 누구 하나 소리 높여 말하지 않아 조용했지만 그 조용함이 고요함과는 거리가 멀었던 곳. 그 음침한 긴장감이 어찌나 공간 전체를 압도하던지 여덟 살밖에 안 된 나도 숨을 죽이게 되었다. 나는 쉬쉬하며 집에 가자고 계속 엄마를 졸라 댔고 엄마는 점점 더 많은 커피를 내게 남겨 줬다.

사실 그렇게 심심하지는 않았다. 나도 할 일이 있었다.

증권회사의 한쪽 벽면을 매섭고 빠르게 살피던 어른들은 '오늘의 운세'를 대충 읽고 자판기 쪽으로 다가왔다. 방금 확인한 그 운세의 뜻이 무엇일지, 그렇다면 자신은 이제 어떻게 할 것인지를 생각하기 위해 커피를 마시려는 것도 같았다.

그러면 나도 바빠진다. 자판기에 100원인가 150원 하던 최소 주문 가능 금액을 넣으면 짠, 주문 가능한 메뉴에 빨간 불이 일제히 들어왔다. 튀어나온 메뉴 버튼 중 하나를 골라 누르면 곧 쇼가 시작될 터였다. 나로서는 불이 들어오게 만들 수 없는 저 버튼에 얼마든지 불이 들어오게 만들 수 있는 어른들은 그런데 정작 자판기에 동전을 넣고 있는 순간에도 자판기를 보고 있지 않았다.

그들은 놀라운 이 쇼를 두고, 푸르고 뻘건 숫자들이 가득한 저기 저 벽면만 응시하고 있다. 어른이 된다는 건 자판기에서 커피를 마음껏 뽑아 마실 수 있게 되는 동시에 눈에 보이는 것 너머의 무엇을 원하는 존재가 되는 것일까. 누군가의 호언장담이 완전히 틀어지고, 칸막이 뒤에서 시끄러운 소리가 나기도 하던 그곳에서 자판기는 묵묵히 약속을 지키고 있었다. 누군가가 밀크커피를 누르면 밀크커피를 내보냈고, 코코아를 누르면 틀림없이 코코아를 만들어 내놓았다. 누가 눌렀는지 빤히 보며 사람 따라 차별하는 일은 일절 없었으며, 저 사람이 뭘 누르는지에만 집중하고 있다가 주문받은 음료를 정직하게 내놓는 자판기에게 나는 믿음을 배웠다.

동전을 넣고 커피 버튼을 누르면 사람이 할 일은 끝난 거였다. 이제 자판기 차례였다. 엄마의 작업 지시를 받은 자판기는 바빠지기 시작한다. 드르르륵이었던가, 끄르르 룽이었던가. 자신에게 주어진 역할을 성실하게 해내는 커피 로봇. 요란스레 준비를 시작하던 그는 종이컵 하나를 아래로 착, 던지며 쇼를 시작한다. 종이컵이 둥근 걸이에 탁, 걸리며 낙하를 멈추고, 드디어 본격적인 쇼 타임.

제일 먼저 뭐가 내려왔더라. 우유색 프림이었던가 고

동색 커피였던가. 물이 제일 처음이었나? 나는 한 장면이라도 놓칠세라 아크릴판에 두 눈을 바짝 갖다 대고 섰다. 여덟 살의 내 키와 투명한 아크릴판 작은 문 뒤 마술 세계가 펼쳐지는 무대 위치가 딱 맞았다.

푹신한 1인용 소파에 무릎 꿇고 올라가 등받이 쪽으로 앉는다. 그렇게 앉아 있으면 사람들 얼굴을 모두 볼 수 있다는 게 재미있었다. 그러나 누구와도 눈을 마주치지는 못한다. 눈이 마주친다 해도 나를 보고 웃어 주거나 하는 이는 없었다. 그때 그 어른들이 쳐다보고 있던 벽은 어쩌면 하나의 신이었을까? 벽면 앞에 앉은 모두의 기분과 인생을, 그들의 돈과 그들의 욕심과 그들의 희망과 절망 같은 것들을, 그들의 삶과 죽음을 모두 손에 쥔 절대 권력자가 그 벽에 펼쳐져 있었던 건지도 모른다. 계속 바뀌는 저 많은 숫자는 도대체 누가 결정하고 있는 것일까. 아무리 쳐다보고 있어도 나로서는 규칙을 읽어 낼 수 없던 숫자들의 빠른 들고남이 어지럽기만 했다. 너무 차갑고 너무 이상하고 너무도 재미없던 그 벽. 그러나 누군가는 그 벽 앞에 기도하는 심정으로 간절히 두 손 모으고 침을 삼켰으리라.

인생에는 때로 그런 벽이 필요하다는 걸 알게 된 건 시간이 지나 어른이 되고 나서다. 누구에게나 자신을 구원해 줄 환상의 벽이 필요하다는 것을 나도 서서히 알게 되었다. 언제나. 어쩌면 언제까지나. 우리에겐 눈부신 벽 하나가 필요하다는 것을.

어린 나를 데리고 증권회사에 들어서던 엄마에게 내가 얼마나 성가신 존재였을지는 나도 한 아이의 엄마가 되고 (정확히) 짐작할 수 있게 되었다. 과거란 과장되고 축소되는 성질을 지녔으니 '엄마는 너희 키울 때가 제일 좋았다. 부엌에서 배추겉절이 담그고 있으면 아기 새들처럼 입 아 벌리고 앉아 있던 너희 모습은……'이라던 그녀의 소회는 아마 엄청난 편집을 거친 결과일 것이다. 실은 나를 달고 증권회사에 가느라 엄마는 집을 나서기도 전에 지치지 않았을까. 여덟 살 난 작은 몸뚱이 안에는 이미 그럴듯한 세계 하나가 숨 쉬고 있었을 것이고, 그 작은 몸뚱이와 이미 커져 버린 세계와의 간극을 어쩌지 못해 나는 엄마한테 많은 것을 쏟아붓지 않았을까.

그렇게 엄마와 나 사이에는 모종의 공생 관계가 형성됐다. 엄마가 커피를 많이 남겨 준 날이면 나는 즉각 보상함으로써 그 관계가 유지되기를 바란다는 의중을 엄마에게 비쳤다. 종이컵에 남겨진 아주 조금의 커피만으로도 나는 엄마에게 말 걸지 않았다. 절대로 알짱대지 않았다. 조금씩 더 많은 양이 담긴 종이컵을 받아 쥘 수 있었다.

좀 전까지 커피가 가득 담겨 있던 종이컵의 온기를 느끼고 싶어 엄마에게 종이컵을 건네받자마자 나는 그걸 두 손으로 감싼다. 테두리에 묻어 있던 엄마의 립스틱 자국을 손으로 문지르면 내 말랑말랑한 검지에 붉은색이 묻어났다. 그때 엄마에게도 환상의 벽이 필요했던 걸까? 커피 한 잔 손에 쥐고 벽을 바라보고 있던 엄마는, 뜨거웠을까?

저 카페가 나를 위해
문 열었을 리 없다 하여도

대학을 졸업하고 회사에 들어갔는데 어딘지 모르게 '쌔한' 곳이었다. 회계팀이었으니 때 되면 돌아오는 마감, 신고, 감사 등등 일이 많을 건 예상했지만, 그 '야근 많은 팔자' 앞에 감자탕 먹으며 서로를 인정해 주고 지지해 주는 공생의 분위기가 묘하게 퍼져 있을 거라고는 상상하지 못했다.

석 달에 두 달은 야근이었다. 그래, 그건 어쩔 수 없었다고 치자. 문제는 나머지 한 달이다. 관성은 그 적용 대상을 가리지 않는 법인지 저녁 먹고 다시 사무실에 들어와 컴퓨터를 켜는 동작에도 관성이 붙었다. 그것도 집단으로다가……

보아하니 이건 '부서 문화'라고 대충 넘길 문제가 아

닌 듯했다. 야근으로 고생하는 자기 모습을 누군가는 사랑하고 있음을 감지한 것이다. 여기서 한두 명 다른 데로 발령 난다고 해결될 일이 아닌 스케일이었다. 거액의 횡령 사건 정도는 일어나 주고 부서 전원이 사건에 연루되었다고 밝혀지는 일 정도는 일어나 줘야 건드려 볼 수나 있을까 말까였다.

퇴근 시간을 내가 정할 수 없다는 건 괴로운 일이었다. 당시 내가 맡았던 업무가 너무 적었고 일이 그때그때 위에서 주어졌던 것도 문제였지만 퇴근 시간을 스스로 결정할 수 없다는 느낌의 반복은 20대의 나를 숨 막히게 했다. 퇴근 시간이 없다면 퇴근 후의 삶도 없는 거였다. 나는 회사에 마음을 주지 못했다.

나라면 더 대단한 일을 해야 맞았다. 내가 하기에 마땅한 일이 어딘가에 있을 게 분명했다. 나를 기다리고 있는 위대한, 모두가 훌륭하다고 찬사를 보낼 만한 그런 일이 세상 어딘가에서 나를 기다리고 있을 것이다. 그 간절하고도 달콤한 환상이 매월 25일이면 꼬박꼬박 들어오는 월급을 우습게 여기게 했다. 실은 많은 날들에 나를 지켜주었던 명함 한 장을 하찮게 여겼다.

봄이 되고 꽃이 피었지만 나는 꽃을 보지 못한다. 꽃을 보고도 그게 꽃임을 알지 못한다. 왜냐하면 세상의 꽃은 나 하나였기 때문이다.

주말 근무 역시 금요일 저녁에 갑자기 결정되는 경우가 많았으니 친구들의 주말 약속 제안에 늘 확답을 못 하고 얼버무렸다. 글쎄, 나는 금요일 한밤중에나 대답할 수 있을 것 같은데…….

당시 친구들에게 가장 많이 들었던 말은 "너 거기서 도대체 무슨 일 하냐?"였다.

나에 대한 통제권이 자신에게 없다는 확인. 무력감의 축적은 세상 모든 우울의 공통된 필요조건이 아닐까. 그러나 나쁜 일이든 좋은 일이든 혼자 오는 법은 없는 것. 부서에는 야근 부대 말고도 또 다른 집단이 하나 있었다. 그들의 존재가 내 숨구멍을 터 주었다.

부서에는 이미 야근 부대에 저항하는 무리가 형성되어 있었다. 저항 행동이 다소 간접적이고 소극적이라는 아쉬움은 있었지만 저항 정신만큼은 견고했다. 그들은 야근 부대와는 밖에서 밥을 함께 먹지 않는다는 신념을 갖고 있었다.

야근 부대가 간장게장이나 생선구이, 추어탕집으로 '어쩔 수 없는 야근을 위해 오늘도' 사무실을 빠져나가면 저항 세력들도 슬슬 배 채울 준비를 시작했다. 건물 내 구내식당에서 저녁을 먹고 내려오는 선배가 둘 있었고, 다소 극단적이기는 하나 과자 몇 개로 대충 때우는 선배가 한 명 있었다. 그 셋은 법인카드로 밖에서 밥을 먹을 만한 날에도 그렇게 하지 않았다. 늦게까지 일하느라 분식집에서 대충 라면 먹고 들어와야 하는 날조차도 자신들이 떡라면에 김밥까지 추가해 먹었다는 사실을 저들에게는 절대 알릴 수 없다고 했다. 그럴 때 쓰라고 회사에서 나눠준 법인카드를 두고 그들은 기어이 본인 돈 내고 떡라면을 먹겠다고 했다. 나는 감동하였다.

반면 나의 투쟁 방식은 조금 달랐다. 나는 내가 어디서 어떻게 저녁을 해결하고 다니는지 윗선에서 똑똑히 알게 하는 방식을 택했다. 정공법이다.

저들이 국물 진하기로 유명한 삼계탕을 먹는 동안 나는 카페에서 블루베리 베이글과 크림치즈, 라테 대자를 법인카드로 긁고 전표 결재를 올렸다. 커피와 빵 같은 간식을 업무상의 이유로 사 먹을 경우 '간식대'로 부서 예산을 끌어다 전표를 작성하는 게 맞았지만 나는 그걸 '석식대'로 끊었다. 저들이 오늘은 일이 많아 저녁으로 추어탕을 먹었어요, 했으니 나도 카페에서 배 채우고 다시 사무실 들어와 일하다가 갔어요, 하겠단 식이었다.

키 높은 출입문을 열고 카페에 들어서면 살아 본 적

없는 19세기쯤의 어느 무도회장에 입장하고 있는 것 같았다. 이 모든 게 다 가짜면 어때, 잠시 속아 보지 뭐. 흔쾌히 그런 마음을 먹게 되는 곳이었다. 좋아하는 구석 자리에 앉아 샌드위치를 입에 넣고 커피를 홀짝이며 책을 펼쳐 보지만 방심은 금물. 야근 부대가 사무실로 돌아오기 전에 내가 먼저 사무실 자리에 앉아 있어야 해. 행여 그들이 이 카페 앞을 지나가다 책 읽고 있는 내 모습을 발견하기라도 한다면? 한가하게 책이나 보고 있다고 저들 마음대로 생각해 버린다면? 나는 억울해 기절해 버리리라.

샌드위치를 다 먹고 10분쯤 더 앉아 있다가 카페를 빠져나와 회사 쪽으로 몸을 틀면 지는 해가 보였다. 이제 막 어두워지고 있는 밤의 시작. 출근할 때도 나는 이 어스름을 봤었다. 오늘 하루도 무탈하게 지나갔음에 정말 감사합니다, 저는 이것으로 충분합니다, 하기에는 너무 어리고 너무 혈기 넘치던 나. 나는 지옥으로 들어가는 심정으로 사무실로 뛰어 들어간다.

그러다 하루는 총무부에서 공문을 올렸다. 내용인즉슨, 회사 주변 고가의 커피전문점에서 부서 예산을 사용해 커피 마시는 것을 자제해 달라는 요청이었다. 공문에 명시된 고가 커피전문점의 예시로는 스타벅스, 커피빈이 적혀 있었다. 각 부서에는 간식비 예산으로 구비해 둔 커피가 있을 테니 가급적 그걸 마시라는 얘기였다. 밖에서 비싼 커피 마실 거면 니 돈으로 사 먹으라는 소리였다.

절망했다. 내가 카페에서 베이글에 크림치즈까지 시킨 것을 두고 한가하게 스타벅스나 간다고 누군가 생각했다는 얘기였다. 내가 나 좋자고 저녁에 혼자 커피빈에서 모카라테 사 먹고는 그걸 부서 비용으로 처리해 버렸다고 생각한 것이 분명했다.(수상한 명세의 반복된 전표 처리. 이거 구조 신호였던 거 눈치 못 챈 거예요, 총무부 부장님?)

반대 세력의 핵심 멤버이자 같은 팀 선배이기도 했던 H는 스타벅스와 커피빈에서 한 달간 우리 회사가 사용한 총 금액 중 내가 쓴 비용이 몇 퍼센트를 차지하는지 엑셀 파일을 만들어 메신저로 보내왔다. 파일을 열어 보니 내가 쓴 비용 총계와 그 비율에 검은색 테두리와 노란색 바탕색까지 깔려 있다. 고개를 돌려 보니 선배는 입사 이래 내가 본 가장 신나는 표정을 하고 있었다.

그래, 위기는 기회야. 원래 해뜨기 전이 가장 어둡댔어. 나는 느닷없이 용기가 솟아난다. 좋아, 나도 이판사판이라 이거야. 건드려만 봐 내가 어떻게 나오나!

만일 총무부 부장이 나를 불러 왜 이렇게 회삿돈으로 커피를 많이 마셨죠? 라즈베리 치즈케이크?! 이걸 저녁으로 드셨다는 게 사실입니까? 묻는다면 그 앞에서 뭐라고 말할지 철저히 준비하는 자세가 됐다. 정신을 차리자 정신을. 집중하자 집중!

순간 사내 메신저 하나가 번쩍인다. 올 것이 온 건가.

총무부 부장님인가 했더니 메신저를 보낸 사람은 우리 부서 차장님이다. 평소 모든 업무 지시는 대리님을 통해 받고 있었기에 차장님이 내게 직접 말을 걸 일은 좀처럼 없었는데 그에게 메시지가 온 것이다. 열어 보니 내용은 이러하였다.

'공문 내용 너무 신경 쓰지 마라. 파이팅!'

순간 안도했음을 고백한다. 총무부에 대항해 싸워 줄 사람이 그래, 여기에도 있긴 있구나, 나쁜 사람은 아니었어, 라고 생각했음도 고백한다. 그런데 맨 뒤의 파이팅은 뭘 파이팅하라는 말이었을지 그건 잘 모르겠다.

밤 9시쯤 집에 다 와 갈 때면 혼란스러웠다. 너무 이른 퇴근이었던 것이다.

그날도 밤 9시가 막 넘은 시각이었다. 버스에서 내려 횡단보도를 건너려는데 길 건너 건물 2층에 낯선 불빛이 눈에 띈다. 간판을 읽어 보니 Snail's coffee. 노랗긴 노란데 봄보다는 가을에 가까운 노란색이, 개나리보다는 단풍에 가까운 노란색이 유리 너머 공간 하나를 다 채우고 있었다. 카페 전체가 묵직한 원목으로 둘리어 있어 공간이 넓지 않음에도 웅장해 보였고 나는 횡단보도를 다 건너기도 전에 그곳에 반해 버렸다.

길을 건너 곧장 2층으로 올라갔다. 안을 들여다보니 손님은 없지만 분명 영업 중이다. 문을 열자 커피 향과 버터 냄새 같은 게 나무 냄새와 함께 훅 끼쳐 들어왔다. 어서 오세요. 나와 나이가 비슷해 보이는 남녀 두 사람이 동시에 인사한다. 환한 웃음을 얼굴에 얹은 밝은 인사. 그들의 활기찬 인사로 이 카페가 저들에게 어떤 의미인지 짐작할 수 있었다. 여기에 얼마나 많은 것을 쏟아부었을지 가늠해 보게 했다.

한쪽 벽을 가득 채우고 있는 나무로 만든 책장에는 누군가 평생 모아 온 것이 분명한 엄청난 양의 만화책이 있었다. 일반 도서도 수십 권. 자신들의 독서 역사를 그대로 카페에 옮겨 놓은 사람들. 수제 와플은 주문과 동시에 구워진다고, 그래서 시간이 오래 걸린다고 했다. 양해를 구하는 그들의 얼굴이 순간 자부심으로 빛난다. 시행착오 끝에 꽤 만족스러운 레시피를 갖게 되었을 와플이 궁금해졌다.

어쩌면 그날 밤은 저들에겐 있고, 내게는 없는 것이 무엇인지 알아챈 날인지도 모른다. 다니기 싫은 회사를 정말 다니기 싫어하는 것 말고는, 인명 피해 없이 회사 건물만 좀 무너질 순 없을까 기대하며 출근하는 것 말고는 아무것도 하고 있지 않는 나를 몰아세우며 마침내 나는 이 질문을 던진다.

너 그냥 자신이 없었던 거 아니야? 여길 박차고 나갔다가 이만한 일자리 다시 구하지 못하면 망신만 당할까 봐 그런 거 아니야? 요즘 어떻게 지내냐고 묻는 말에 그럴 듯하게 할 말이 있는 상태 포기하는 거 그게 아깝고 아쉬운 거 아니냐고. 내 힘으로 할 수 있는 것도, 딱히 하고 싶은 일도 없는 그곳에서 무력감과 불만을 한 달 내내 품고 있는 대가로 매달 25일이면 월급 딱딱 받고 있었잖아. 어딜 가서 누굴 만나도 주눅 들 일 없게 만들어 줄 명함 한 장 지갑에 넣고 다녔잖아. 그런데 왜 억울한 표정만 짓고 있어 너? 월급 받은 날, 엄마에게 식탁 바꿀 돈 턱 내미는 스스로가 마음에 들었으면서. 우연히 만난 대학 동창이 요즘 뭐 하나 물으면 방패 내밀 듯 명함 한 장 탁, 먼저 건넸으면서 혼자 피해자인 척 그렇게 울었느냐고. 마침내 나는 오래된 질문을 내게 던지고, 대답하지 못했다.

그들이 내어준 따뜻한 라테 한 잔과 직접 만들었다는
생크림 와플을 천천히 먹으며 통유리에 비친 그들의 모습
을 훔쳐보았다. 아마도 그날이 내가 몇 년 뒤 청소년들의
진로 지도와 관련된 일을 하게 된 시작점이었을 것이다.

좋아하는 카페의 원형은 그때 만들어졌다.

실내조명이 너무 밝지 않았으면 좋겠다. 창으로 햇빛
이 꼭 들어올 필요는 없지만 창은 클수록 좋다. 테이블은
나무가 더 좋은데 기왕이면 짙은 색상의 묵직한 느낌이
면 좋겠다. 판매하는 디저트 중 한 종류 이상은 카페에서
직접 만들어 어느 시간대에는 빵 굽는 냄새가 커피 향보
다 진하게 풍기는 곳이면 좋겠고, 그러나 프렌치토스트
나 스크럼블에그처럼 팬에 기름을 두르고 조리해야 하는
메뉴를 파는 곳은 아니었으면 좋겠다.

카페 주인이나 직원들이 손님에게 너무 친절한 곳은
아니어야 하고(아니 그게 무슨 말씀이시죠?), 화장실이 카페
내부에 있는 곳이면 좋겠다. 부득이하게 건물 화장실을
써야 한다면 화장실 열쇠고리에 달려 있는 인형은 깨끗
했으면 한다. 뭔가 '힙'하면서도 뽀송뽀송한 느낌의 인형
이 달려 있는…… 뭔지 아시겠죠?(모르겠는데요…….)

팥빙수에 국산 수제 팥을 사용한다는 홍보 문구를 카

페 안에 들어온 손님들이 볼 수 있도록 안내하는 건 괜찮지만 팥빙수 사 먹을 생각도 없는 지나가는 사람들이 모두 볼 수 있도록 카페 바깥에 대놓고 광고하는 건 좀 그렇다. 국산 수제 팥의 건강한 이미지를 꽁으로 끌어다 쓰는 거잖아요. 그건 안 됩니다. 우리 기품 챙기자고요, 기품!(대응하지 말자, 대답하지 말자.)

카페에서 일하는 사람이 둘 이상일 경우 그 둘 사이에 너무 많은 수다가 오가지 않았으면 좋겠다. 그렇다고 서로에 대한 불만이나 무관심을 손님이 느낄 정도라면 그것도 곤란하다. 언제나 가장 중요한 건 사람 간 적당한 거리감.(이 사람 뭐야! 당장 끌어내!)

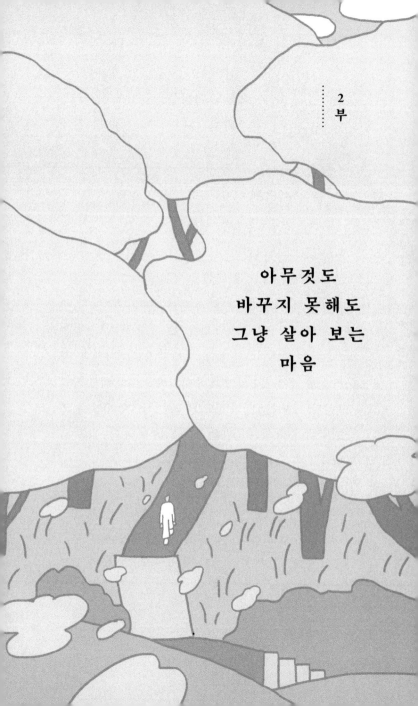

2
부

아무것도
바꾸지 못해도
그냥 살아 보는
마음

오늘도 환상을
마십니다

현직 교사인 지인의 말에 의하면 자녀가 중1이 될 때까지만 해도 희망을 놓지 못하던 부모들이 아이가 중2 올라가면서는 달라진다고 했다. 그가 근거로 제시한 건 학부모 상담 신청 건수의 변화 추이. 1학년 때만 해도 거의 모든 학부모가 신청했던 상담 건수는 2학년이 되면 큰 폭으로 줄어 올해 자신이 맡은 반의 상담 신청자는 고작 두 명이라고 했다. 환상 하나를 놓아 버리는 데 대략 15년이 걸린다는 이야기일까? 꿈을 이루는 데도 최소 15년은 걸릴 테지만 꿈을 깨는 데도 15년 정도는 필요한가 보았다.

참/불참. 별 고민 없이 불참에 체크할 수 있게 된 누군가를 떠올려 본다. 그녀는 아이 담임선생과의 상담 대신 좋아하는 카페에 앉아 요즘 재밌게 읽고 있는 책이나 계속 읽자 생각했을까. 무리해서 연차 낼 거 없이 그냥 출근하자 했을까.

보도 전체를 벽돌로 덮어 놓아도 그 좁은 틈에서는 민들레가 핀다. 새어든 햇살과 빗물만으로도 꽃 한 송이가 피는 것이다. 가만히 두면 제 타고난 모습 그대로 자랄 거라고, 벽돌 사이로 기어이 꽃을 피워 올린 민들레를 보며 자신의 아이를 떠올린 누군가를 상상한다. 아이의 생긴 모양 그대로를 그저 지켜봐 주고 응원하리라 마음먹은 누군가를.

TV에 나온 어느 아동 심리 상담 전문가는 자녀를 양육하는 일의 궁극적인 목표를 '아이의 독립'이라고 말했다. 자신이 누군지, 어떤 삶을 살고 싶은지 아이가 스스로 찾아내도록 믿어 줘야 한다고. 부모가 매끄럽게 닦아 놓은 길을 아이가 편하게 가게 할 것이 아니라 자신의 삶을 자기답게 만들어 가도록 응원해 줘야 한다고.

검지에 난 털의 방향까지 아이와 내가 똑 닮았다 하여도 우리는 서로에게 완전한 타인이다. 부모 입장에서야 내가 살아 보니 더 나은 선택이 뭐냐면 얘야, 속성으로 가르쳐 주고 싶겠지만 부모에게 좋았던 길이 자녀에게도 좋을지는 알 수 없는 것. 그리고 사실 '좋았던 길'이라는 게 정말 있을까? 우리는 그저 어떤 상황에서 자기 나름의 최선을 다할 수 있을 뿐이다. 진실을 마주하지 않고 회피하며 살아가는 순간조차도 어느 때의 누군가에겐 그것이 최선일 수 있다. 그래서 성과를 근거로 누군가의 최선 여부를 판단할 순 없는 것이다. 최선을 다해 살아 낸 길만이 있을 뿐, 최선의 길이란 세상에 있을 수 없다.

방송을 보며 생각했다. 명준이로부터 정서적으로 독립하는 게 너의 숙제 같다는 주위의 조언에 고개를 끄덕이면서도 내내 가시지 않던 의문이 바로 저거였구나 싶었다. 그러니까 그건, 가만히 두면 스스로 살아 낼 힘을 만들 수 있는 자식들에게나 가질 수 있는 부모의 마음이었다. 혼자 두어서는 아무것도 해낼 수 없는 아이의 부모가 가질 수 있는 마음이 아니고 말이다.

장애 진단을 받기 위해 재활의학과에서 실시하는 평가 질문들을 듣고 있노라니 결국 그들이 알아내고자 하는 건 이거 하나인 것 같았다.

언젠가는 아이가 타인의 도움 없이도 혼자서 이 세상에 살아 있을 수 있을 것 같습니까?

보면 몰라? 당연히 아니지!

엄마인 내 입장에서야 좋고 싫음 드러낼 줄 아는 내 아이가 때론 천재 같지만 재활의학과에서 바라보는 아이에 대한 소견은 나의 그것과 달랐다.

아이가 원하는 물건을 잡기 위해 스스로 손을 뻗을 수 있습니까? 아니요.
아이가 스스로 옷을 입을 수 있습니까? 아니요.

아이는 0점을 받았다.

이로써 내 아이가 타인의 손길 없이는 아무것도 할 수 없는 인간임을 현대 의학계로부터 인정받았다. 인간의 존엄성이 훼손되지 않는 선을 유지하며 살아 있기 위해서는 타인의 도움이 100퍼센트 필요하다는 사실을 그들이 공인해 주었다.

만일 내게 아이가 물체 두 개가 서로 부딪히는 소리를 들으며 행복해하느냐 물었다면 "예스"라고 답했을 것이다. 100점이요 100점. 이거는 진짜 만점 줘야 됩니다. 만일 그들이 내게 아이가 음악을 좋아하느냐 묻는다면, 이아이는 음악을 좋아하는 정도가 아니라 좋아하는 음악의 편곡 버전을 듣고 원곡을 떠올릴 수 있다며 자랑할 폼

을 잡고 있을 것이다. 제 말을 못 믿으시겠다면 심수봉의
⟨백만 송이 장미⟩와 BTS의 ⟨Fake love⟩와 ⟨한국을 빛낸
100명의 위인들⟩을 어떤 버전으로든 한번 들려줘 보라
고. 아는 노래 나왔다며 활짝 웃을 거라고.(최근에는 갑자
기 ⟨고향의 봄⟩에 빠짐.)

자신에게 주어진 삶을 조금도 바꾸려 하지 않고도 삶
을 이토록 사랑할 수가 있구나, 당신은 깜짝 놀랄 거라고.
당신은 정말로 부끄러워질 거라고. 나는 그렇게 말했을
것이다.

그러나 그들은 증명해 달라고 했다. 눈에 보이는 방
식으로, 기록할 수 있는 방법으로, 숫자로, 수치로 정확히
말해 달라고 요청했다.

한 번씩 상상한다. 나의 장례식이 진행되는 동안 내
아이는 뭘 하고 있을까.

나의 소원은 거창하지 않다. 누구라도 그 소원을 듣고
아이고 자네 꿈 한번 크네, 말하진 못할 것이다. 나는 내
장례식장에서 아이가 육개장에 밥 한 공기 말아 먹을 수
있길 바란다. 그뿐이다. 엄마가 사라진 것 같다는 느낌에
불안한 마음을, 어쩐지 엄마가 다시는 제 곁으로 돌아올
것 같지 않다는 겁먹은 마음을 누군가 떠먹여 주고 있는

따뜻한 육개장 먹으며 달랠 수 있길 바랄 뿐이다. 슬퍼하는 것도, 상실을 받아들이는 것도 먹어야 할 수 있기 때문이다.

그래도 엄마가 죽었으니 장례식장 안에는 있어야겠지. 문상객 맞이하며 누워 있기는 좀 그러니 상주들 쉬라고 마련해 둔 빈소 옆방에 누군가 아이를 눕혀 놓겠지. 그곳에서 아이는 뭘 하고 있을까. 누군가 틀어 준 음악 메들리를 듣고 있을까.

쨍그랑 소리 같은 게 들리면 아이가 좋아하는데. 주방에서 나는 소리를 좀 크게 내 달라고 부탁하면 거기서 들어주려나. 장례식장에서는 다 종이로 된 용기를 쓰던데…….

만약 내 아이가 어떤 소리를 듣고 까르르 숨넘어가게 웃었다고 해서 부디 그 아이를 안쓰럽게 보지 말아 주세요. 내 아이가 세상을 이해하고 그것과 소통하는 방식을 존중해 주세요. 아이를 방금 웃게 만든 소리가 제 육신이 들어간 관이 불에 탈 차례가 되어 철컥, 문 닫히는 소리였다 하더라도 기막혀하며 눈물 쏟지 말아 주세요. 세상에 나 지 엄마가 불타러 들어가는데도 하나 있는 자식이 웃고 있다, 이 일을 어쩌노, 하지 말아 주세요. 지금 뭔가 단단히 잘못됐다는 건 누구보다 제 아이가 잘 알 겁니다. 엄마가 더 이상 곁에 없다는 느낌에 누구보다 불안해하고 있을 거예요. 그 아이는 웃으며 마음을 다스릴 거예요. 아이는 당황스러운 순간에 그렇게 하거든요. 상실과 공포를 과장된 웃음으로 마주하느라 애쓰고 있는 아이에게 힘을 주세요. 방금 그 소리를 입소리로 따라 내 주며 아이를 더 웃게 해 주세요. 대신, 당신은 울어요. 당신은 나를 위해 울어 줘요.(저 죽으면 누가 이 단락만 B4 용지에 프린트해서 장례식장에 좀…….)

아이가 혼자 누워 있는 그곳은 어딜까. 시설이라고 불리는 곳일까 병원이라고 불리는 곳일까. 그곳은 방일까 병실일까. 아이는 지금 창문 쪽에 누워 있을까 복도 쪽에 누워 문 쪽으로 얼굴을 돌리고 있을까. 기저귀를 갈기 위해 아이에게 다가온 저 사람은 몇 시간 만에 내 아이 곁에 온 걸까. 두 시간? 세 시간? 큰일이다. 아이는 한 시간에 한 번씩 오줌을 싸는데.

눈치 빠른 아이는 자신이 집을 떠나 그곳에 오게 됐음을 곧 알게 되겠지. 다시는 집으로 돌아갈 수 없다는 사실도 오래지 않아 알아차릴 것이다. 영리한 그 아이는 곧 현실을 받아들일 것이다. 똑똑하고 착한 내 아이는 자신이 어떤 상황에 놓여 있는지 정확하게 파악할 것이다.

적응해 나가겠지. 자세를 바꾸고 싶을 때 자세를 바꾸지 못해도 짜증부터 내는 건 그리 도움 되지 않는 일임을 차차 알아챌 것이다. 산책하고 싶을 때 밖에 나가지 못한다고 해도, 동요를 틀어 줬으면 좋겠는데 누가 계속 클래식만 틀어 준다 해도, 일단 열 번은 참기로 마음먹을 것이다. 결국 그 무엇에도 애쓰지 않는 쪽을 택하게 될지도 모르지. 그러나 어떤 면에서는 그게 아이에겐 나을지도 모르겠다.

모든 것을 이해하기까지 아이는 얼마나 절망해야 할까. 그 모든 것을 다 알게 되기까지 아이는 얼마나 과장되게 웃어야 할까. 만일 괜찮은 시설이 있다면 그곳은 어떤 곳일까. 나는 아직 그 어떤 것도 모른다. 지금으로서는 스위스로 가서 둘이 함께 죽을 수 있는 방법 외에는 어떤 것도 알고 싶지 않다.

그곳이 아무리 좋은 곳이든 아이 입으로 밥을 먹여 주진 않겠지. 고개를 가누지 못하니 목과 머리를 모두 끌어안다시피 하고 음식을 먹여야 하는 데다, 입 쩍 벌리고 잘 받아먹는 것도 아니고 입을 열까 말까 의심하고 주저하는 시간만도 5분이니, 다 큰 성인을 끼니마다 품에 안으려는 사람은 없을 것이다.

입으로 음식을 섭취할 경우 흡인성 폐렴의 위험이 있

다는 대학 병원 의사의 소견서 한 장은 구강 섭취를 무리하게 진행하지 않아야 할 명백한 이유가 되어 줄 것이다. 환자 정보에 적혀 있던 '서툴지만 구강 섭취 가능'이라는 기록이 유난히 불편했던 어느 동정심 많은 직원도 의료진의 강경한 소견에 곧 마음이 편해질 것이다. 자신의 결정에 유리할 근거를 찾고자 하는 건 인간의 본능이고, 그 근거란 권위 있는 자의 인정과 확인일수록 더 환영받는다.

시간이 조금만 더 지나면, 이 남자의 엄마가 살아 있을 땐 이 남자가 입으로 밥을 먹기도 했다는 사실엔 아무도 관심을 갖지 않을 것이다. 가자미구이에 간장과 들기름을 둘러 주면 제법 오물거리며 밥알을 삼켜 넘기던 시간과, 감자깡의 짭조름함에 온몸을 떨며 다시 맛보려 입을 조심스레 벌리던 아이의 모처럼 들뜬 마음 같은 건 모두 사라지고 없을 것이다.

그렇게 흔적을 남기지 않는 시간은, 기록될 수 없는 순간들은 다 어디로 가는 걸까.

아이를 교실에 들여보내고 카페로 걸어가는 동안 나는 내가 아닌 누군가가 된다. 평생 불려 온 내 이름 따위 아주 쉽게 버릴 수 있다는 듯, 나는 나 아닌 누군가가 되어 본다.

내 앞에 하트 모양의 라테아트까지 들어간 따뜻한 커피를 내려놓은 저 사람은 내가 누군지 알지 못한다. 어딘가로 가는 길에 잠시 여기 들른 것 같은 저 여자가 조금 전 사지 마비인 아이를 휠체어 의자에 앉히며 땀을 뻘뻘 흘렸다는 사실을 그는 알지 못한다. 그 다정한 익명성 아래 나는 잠시 나를 떠난다. 나를 잊기로 한다.

나는 지금 뉴욕 JFK공항에 내려 업체와의 미팅을 앞두고 커피 한잔하러 잠깐 카페에 들른 어느 회사 해외영업부의 팀장이 되어 본다. 나는 베토벤 피아노 소나타 연주를 앞두고 대기실에서 마실 커피를 주문하기 위해 카페에 들른 피아니스트가 되어 본다. 나는 나일 수도 있었을 누군가가 되어 본다. 그 잠깐의 환상이 나를 구한다.

끝내 자립과 독립을 할 수 없을 내 아이, 타인에게 100퍼센트 의존해야 겨우 생명을 유지할 수 있을 내 아이도 결국은 자신만의 삶을 살다 가겠지. 너는 왜 햇빛과 물만으로도 활짝 꽃피우는 민들레가 아니냐고 원망하고 있는 건 나일지도 모르겠다.

나는 아직 아이의 삶을, 아이 곁의 내 삶을 인정하지 못한 걸까? 내 안의 누군가가 내 아이의 삶이 지금과는 달

랐어야 했다고 생각하고 있다. 아직도 내 안의 누군가가
나의 삶이 지금과는 확실히 달랐어야 했다고 믿고 있다.

　환상은 아직 사라지지 않았다. 나는 아직 그 환상을
놓아주지 않는다.

따뜻한 라테 한잔
마실 수 있기를

삶은 자신이 뜻한 대로 흘러간다, 라는 류의 말을 생활신조로 삼고 주변에 설파하길 좋아하는 사람들이 있다. 그들에게 다가가 뭔 뜻으로 하는 말씀인 줄은 알겠으나 제발 그 입 좀 다물라고 말하기는 어렵다. 말해 본들 소용도 없을 것이다. 삶이 뜻대로 되지 않았던 수많은 이의 수많은 사연을 줄줄이 얘기해 본들 들으려 하지 않을 것이다.

사람들의 귀를 모으는 이야기란 '우리가 놓아 버려야 하는 것들'이 아니라 '잘하면 손에 쥘 수도 있을 것들'이다. 까딱하다가는 다 뺏길지 모르는 것들 나열하며 겁주는 목소리에 사람들은 시간과 돈을 내놓지 않는다. 인간의 그러한 성질로도 돈을 갖다 바치는 곳은 오직 보험회

사뿐인데, 그들은 우리에게 한 가지를 더 제시하기 때문이다. 한순간에 다 뺏길지도 모르는 그것을 우리가 안 뺏기도록 딱 조치해 드릴게요. 그래서 무력한 회의론자들의 말들이 회자되지 않는 것이다. 회자는커녕 발화 즉시 휘발된다.(쟤는 왜 재수 없게 저런 소릴 해?)

마음이 동요됐는지와 별개의 이야기다. 지금 저 사람 말에 내가 동의했는지와는 아예 상관없이 작동하는 방어기제가 모두의 마음 안에 있다. 마음속 최전선에, 그러니까 외부로부터의 자극을 내 안으로 들일지 말지를 선별하는 정예부대가 있는 것이다. 그래서 내가 쓰고 있는 이 글 또한 어쩌면 누군가에겐 읽기 불편한 이야기일 수도 있다. 주인공의 위기와 고통에 끝내 반전이 일어나지 않는 이야기는 환영받지 못한다. 결국엔 끝이 있고 그 끝에 교훈이나 깨달음이 있어 이야기를 다 듣고 홀가분하게 돌아서며 '그래, 이거지! 드라마가 이래야지! 좋았어! 나도 달라지는 거야!' 하면서 자신의 생에 적용시켜 볼 만한 삶의 힌트 하나 손에 쥐게 하는 이야기를 우리는 원한다. 그게 아니라면 우연적인 혹은 마술적인 요소라도 이야기 전개에 포함되어 있어야 하는데 이 책은 그렇지도 않다.

지나치게 현실을 닮은 건 뭐든 불편한 법이다. 현실

속의 나를 꺼내 달라고, 최소한 이 현실에서 잠시 견인해 달라고 책을 펼쳤는데 도리어 현실의 나를 자꾸만 자각하게 하면 어쩌란 말인가? 거울은, 내가 보고 싶을 때만 볼 거란 말이다.

인간세계의 장면에서 자유의지로 바꿀 수 있는 것들은 물론 많다. 생각과 태도처럼 보이지 않는 것들과 표정이나 동작처럼 눈에 보이는 것들을 우리는 스스로 매만지며 살 수 있다. 취향이 반영된 옷차림이나 몸에 지니는 물건, 자신의 방에 들이는 것 중 형체가 있는 것(거절하지 못해 받아 온 선물이나 포장해 온 음식)과 형체가 없는 것(향수 냄새나 아까 그 사람이 했던 신경 쓰이는 어떤 말)들을 인간은 자신의 통제 아래에 둘 수 있다.

자신의 의지대로 사는, 뭐든 열심히 하고 자기 관리를 잘하는 사람을 보며 우리는 정신력 강한 사람이라거나 범상치 않은 인물이라 표현하기를 좋아한다. 스스로 통제하고 노력하는 삶을 그렇지 않은 삶보다 우위에 두는 것이다. 인생의 키를 거머쥔 기분이란 그래, 그거 꽤 괜찮지. 통제 대상을 발견하고 거기에 몰입함으로써 마음의 불안 하나쯤 침묵시키는 일은 삶을 유지하기 위해, 그러니까 내가 살아 있을 이유를 스스로 확인하기 위해 꼭 필요한 일일지도 모른다. 일이 뜻대로 돌아가고 있다는 느낌, 생각대로 들어맞음의 체험 누적은 보람과 자아도취 사이를 왔다 갔다 하며 누군가에게는 삶의 의미가 된다.

문제는 자유의지 발현의 축적이 만들어 내는 부작용이다. 정답이 있는 삶 저편에는 오답의 삶이 있다고 믿게 된다. 일이 뜻대로 되지 않으면 곧장 열패감으로 이어진다. 그리고 어떤 이들은 실패로 인한 좌절이나 성공의 도취로부터 평생 회복하지 못한다.

통제하는 삶은 미술관 전시 기획과 닮았다. 전시 방법은 다양하다. 남들에게 보여 주고 싶은 것들을 대놓고 전시할 수도 있겠고, 작품들을 은근히 노출해 어쩔 수 없이 들킨 듯한 느낌의 설계를 해 볼 수도 있겠다. 처음부터 그럴 생각은 아니었겠지만 자신을 바라보는 눈이 많아지면 많아질수록, 그 눈을 의식하는 마음이 커지면 커질수록 미술관에서 일어나는 모든 일에 직접 관여하고 싶어질 것이다. 바빠질 것이다. 부지런하다는 찬사가, 기발하다는 칭찬이 마구 쏟아진다.

멋지게 한번 살아 보고 싶어진다. 미술관에 관한 모든 것을, 미술관 입장 명단까지도 통제할 수 있게 된 이는 이제 전시를 주저하게 되는 작품들을 따로 모아 두는 지하실까지 갖추게 될 것이다. 명목상 이유는 전시 대기지만 실제로는 작품 검열. 이 작품이 내가 만들고 싶은 나의 세상에 부합하는지, 나의 명성에 도움이 될지 아닐지를 기준으로 작품을 면밀히 살필 시간을 벌기 위함이다. 이 작품을 본 관객들이 내놓을 반응을 여러 버전으로 예상하며 다각도로 점검한다. 가장 높은 '평점'이 기대되는 작품을 신중히 골라낸다. 눈빛이 반짝반짝 빛난다.

나도, 쭉 그렇게 살 수 있었다. 내 세계를 뒤집어 놓을 만큼 충격적인 일이 일어나지 않았다면, 그러니까 갑작스러운 사고를 당하지 않고 사고를 당했대도 결국엔 어느 정도 복구 가능한 상실 정도만 있는 사고였다면, 겨우 쌓아 온 그 미술관을 절대 부수지 않았을 것이다.

생에 대한 통제권을 송두리째 잃지 않았다면 나도 달라질 필요가 없었다. 나의 존재를, 나의 역할을, 나의 의미를, 나에 대한 평가를 확인하고 싶어 초조해질 때마다 흥미로운 전시회를 기획하고 준비하고 진행하며 살았을 것이다. 목이 마른 줄도, 발바닥에 피가 나는지도 모르고 절대로 멈추지 않았을 것이다.

1월의 어느 토요일 저녁 8시. 한강 자전거도로.

페달을 돌리던 내 두 발의 움직임이 자전거 바퀴의 회전 속도를 따라가지 못했다. 순간적으로 공중에 뜬 오른쪽 발가락이 자전거 앞바퀴와 바퀴 프레임 사이에 끼면서 자전거가 급정거했고, 몸이 앞으로 튕겨져 날아갔다. 어디가 먼저 부딪혔다 할 것도 없었다. 몸 전체가 바닥에 내리쳐진 형편이었고 내 몸에 붙었던 엄청난 속도는 그제야 멈췄다.

숨이 쉬어지지 않았다. 잠깐 정신을 잃었던 것도 같다. 몇 번 악을 쓰고 나서야 막혀 있던 숨통이 뚫렸다. 지도 앱을 켜 보니 내가 있다는 곳은 영동대교 아래.

몸을 움직여 보았더니 몸이 일으켜졌다. 헬멧을 벗고 머리와 얼굴을 만져 보니 일단 피가 나는 곳은 없다. 자전거를 자전거도로 밖으로 끌어내고 도로 옆 연석 위에 앉았다. 당시의 상황을 춥고 아프고 너무 무서웠다고 기억하고 싶지만 사실 나는 산 지 열흘밖에 안 된 32만 원짜리 내 자전거를 생각하고 있었다. 여기 자전거를 내버려두고 가면 나중에 다시 찾을 수 있나? 119 구급대원들한테 저거 접을 수 있는 자전거라고 알려 주면 구급차에 같이

실이 주려나?

　돌이킬 수 없을 정도의 일이 벌어진 건 아님을 알았던 것이다. 끽해야 깁스일 것을 이미 알고 있었다. 돌이킬 수 있는 일. 시간이 지나면 그럭저럭 해결되어 있을 것을 해결 전부터 알고 있을 때의 그 안락함. 그곳은 내가 얼마나 속하고 싶던 세계였던가.

　땀이 식으면서 체온이 떨어지기 시작했고 나는 두 팔을 무릎 위에 얹어 모으고 그 안에 고개를 집어넣었다. 그랬더니 눈물이 났다. 진짜 너무 아파서 울었다.

　누가 지금 내게 당신 왜 울고 있느냐 묻는다면 이번에야말로 그 이유를 또박또박 설명할 수 있을 터였다. 눈물의 근거를 손에 쥐고 있다는 안도감이 몸의 통증에 충실하게 했다. 이 눈물엔 육체적 아픔이라는 또렷한 이유가 있었다. 떳떳한 눈물이었다.

　아이를 낳고 눈물이 날 때면 지금 내가 울 만한 상황이 맞는지를 검열하곤 했다. 너도 이런데 네 아이는 오죽하겠니? 그 어린것이 수술실에 들어가서 머리를 꿰맸다고, 알아들었니?

　누군가 자꾸 내게 말을 걸며 나를 감시했다. 만일 네가 따뜻한 위로까지 받아 가면서 한가하게 울고 있다면 나는 널 용서하지 못할 것 같으니 당장 그 울음 멈추렴.

엄포를 놓는 목소리가 내 안에 살고 있었다. 부당하다는 느낌은 없었다. 벌받을 방법이 있어 오히려 다행이었다.

엄마가 되었지만 엄마가 되었음에 기뻐하지 못했다. 아이가 아파했지만 안타까워하고 있을 수만은 없었다. 이 삶이 너무 이상하다. 그래서 내 안과 밖, 둘 중 하나는 바꾸어야 할 것 같아 마음이 불안했는데 이내 익숙한 해결책 하나를 찾아낸다. 나는 이 혼돈과 슬픔을 자책과 자기혐오로 치환하기로 한다. 모양을 바꾼 그것들을 꿀꺽 삼켰다.

아이를 아프게 한 게 바로 나라고 생각하니 아이의 아픔이 불편해지기 시작한다. 아파서 우는 아이에게 나 좀 그만 괴롭히라고 소리치며 내가 울었다.

무엇이 내 것이고 무엇이 내 것이 아닌지 나는 알지 못한다. 어디까지 내 안에 들여야 하는지, 어디서부터 너나 가지라며 퉤 뱉어야 하는지 확신하지 못한다. 허락 또는 거절, 환대 또는 적대 그 어느 것도 제대로 해내지 못하고 어중간하게 둥둥 떠서 겨우 내 목숨만 살려 놓고 있었다. 이대로라면 나는 곧 죽을 것만 같은데 이런 순간에도 누군가의 최종 승인을 기다리며 차라리 가라앉을 각오를 다지고 있다.

그날 밤 아산병원 응급실에서 인간의 몸에 쏠 수 있는 방사선은 다 쏜 뒤 이상 부위 한 곳을 찾아냈다.

"오른쪽 엄지발가락 골절이네요."

어머나! 선명하게 그어진 짧은 선 하나가 골절 진단의 근거로 제시되며 내 울음의 당위성을 증명했다. 오늘 피고가 울음을 터뜨린 것에는 그럴 만한 적확한 사유가 있었음에 대한 증거로 이 발가락 엑스레이 사진을 제출하는 바입니다. 탕탕탕. 내 아픔을 설명해 줄 진단코드가 세상에 존재하고 있었다. 삶에는 이런 종류의 아픔도 있다고 혼자 외롭게 설명하지 않아도 되는 아픔. 세상으로부터 당당히 인정받은 아픔. 진단서 속 골절 진단코드가 빛난다. 나는 기쁨을 감추지 못한다.

내게 좋은 인생이란 미술관을 잘 운영하는 거였다.

양지바른 땅에 지어진, '거기 전시 꽤 괜찮아'라는 평이 이어지는, 그림을 잘 모르는 사람도 그림을 좀 안다는 사람도 관심을 주는 미술관.

전시할 작품들을 주제에 맞게 선별해 세상에 노출하는 작업의 연속이 바로 내 인생의 축이 될 거라 믿었다. 관람객들에게 받게 될 평가 점수의 평균이 더 높아지기를. 올라갈 수 있는 최고 높은 곳까지 오를 수 있기를. 거기에 내 모든 것을 걸어도 좋다는 마음이었고 그것을 이룬다면 의미 있는 삶이 될 거라고 나를 몰아세운다. 거기에 맞춰 나를 수정하고 기꺼이 다그쳐 그곳에 다다르겠노라 마음먹었다.

그랬던 내가 이제 미술관을 허문다. 그 자체로 나라고 믿었고 나이길 바랐던 곳을 미련도 없이 무너뜨린다. 뭘 모르던 때였지, 자조하며 지난날의 나를 어리석고 하찮게 여기지는 않을 것이다. 망쳤던 시간을 만회할 수 있도록 남은 인생은 아무쪼록 정신 차리고 잘 꾸려 보겠다는 별난 다짐도 필요 없을 것 같다. 그때는 다 그럴 만해서 그랬을 것이다. 갖고 싶어 그랬을 것이고 갖지 못할까 두려워 그랬을 것이다. 얼마나 어리석었든 얼마나 어리숙했든, 그건 모두 나였다.

지금 내 앞의 나는 삶을 사랑하는 나일 수도 있고 삶을 더 원망해야 하는 나일 수도 있다. 고개 들어 앞을 보고 똑바로 걸을 수 있게 된 나일 수도 있고 아직은 좀 더 하늘 등지고 땅바닥 보며 걸어야 하는 나일 수도 있다. 그게 어떤 나든, 다 괜찮다.

정형외과에서는 한 달간 깁스(최첨단 인체공학 기술로 만들어졌다고 믿을 수밖에 없는 금액을 지불하고 집으로 가져온)를 하고 다니라는 처방을 내렸다. 얼핏 보면 찍찍이 여름 샌들처럼 생긴 새하얀 신발이다. 의사는 뼈가 원래대로 붙지 않더라도 사는 데 무방할 거라는 소견을 슬쩍 흘렸다. 부러진 뼛조각이 너무 작아 다시 붙지 않을 수도 있는데 그 뼛조각이 신경을 건드리거나 목숨에 지장을 주는 일은 없을 거라고도 했다. 문제를 해결하지 않고 그냥 살아도 괜찮을 거라는 의사 말이 재밌게 들렸다.

좋은 삶이란 진단코드를 받거나 완치 여부를 확인하기 위해 엑스레이를 찍어 보는 것처럼 설명할 수 있는 것들에 의한 게 아닐지도 몰랐다. 어떤 시간의 필요를 받아들이고 그 시간을 견뎌 내려는 마음만으로도 좋은 삶일지 몰랐다. 끝내 뼈가 붙지 않을 수 있다는 것을 알고도 계속 깁스 신발을 신고 다녀 보는 마음. 그것이 진짜 중요한 일일지도 몰랐다.

한 달이 넘도록 그 못생긴 신발을 신고 아이의 물리치료실을 오갔다. 왼쪽에는 운동화, 오른쪽에는 깁스 신발 신고 운전해 도착한 병원에서 이 엄동설한에 왜 그러고 다니는지 내게 묻는 사람은 없었다. 누구에게도 설명할 필요가 없는 일이었다.

내가 집중해야 할 것은 오직 하나. 아이가 물리치료 받는 30분 동안 병원 뒤편 연대 학생회관으로 넘어갔다 돌아올 수 있는가 없는가, 거기서 따뜻한 라테 한 잔과 스콘 하나 사 올 시간이 될까 각을 재는 것뿐이었다. 병원 안에 깔끔한 카페가 버젓이 있지만 나는 그곳에 가지 않는다. 잠시라도 내 삶의 무게를 잊을 수 있는 곳으로, 병원에 온 이들의 마음과는 완전히 동떨어진 마음들이 모여 있는 곳으로 나를 데려다 놓기 위해 나는 오늘도 싱그러운 학생들이 오가는 대학교 학생회관으로 간다. 제발 제발 초코 스콘이 아직 남아 있기를.

네가 그리울 때 나는
커피가 마시고 싶더라

인간의 갈망이 어떻게 만들어지는지에 대해서는 많은 이가 여러 주장을 내놓았다. 첫째와 막내 사이에 낀 둘째는 부모의 관심을 가로채야 하기에 눈치가 빠르고 학업 등의 성취가 뛰어날 확률이 높다는 말은 틀린 말이 아닐지 모른다. 누군가의 관심을 끌기 위해서라면 그 반대의 행동도 할 수 있다. 저주의 말이든(너도 나중에 꼭 너 같은 자식 낳아 봐라.), 경멸의 말이든(어떻게 나한테서 저런 애가 나왔지?) 어쨌든 자신을 향하고 있는 시선이기만 하면 상관없는 절실함도 세상에는 존재한다. 물론 가운데 형제라고 그 둘 중 하나의 모습만 하고 있을 리 없다. 사람에게는 타고난 기질과 성정이란 것이 있고 삶은 우연과 운명적 요소만으로도 가득 찰 수 있다. 닮고자, 혹은 닮지 않고자 마음먹게 되는 인물이나 상황과의 만남에 우리는 언제 어떻게 노출될지 모르고, 어떤 만남이 모두에게 동일한 영향을 미치는 것도 아니다.

우연히 듣게 된 누군가의 말 한마디가 한 사람 안에 어떤 씨앗을 심을지는 알 수 없다. 꿈을 만들어 낼지, 평생 자신을 가둘 감옥을 만들어 낼지는 알 수 없는 것이다. 그리고 꿈과 감옥, 그 둘은 어쩌면 같은 말일 수도 있겠다.

어떤 사람에게 가해지는 자극과 그 자극을 받은 개인의 반응을 이론으로 만들 수도 있을까? 그 역학관계는 보이는 것보다 보이지 않는 것에 의해서, 설명할 수 있는 것보다 설명할 수 없는 것들에 의해 정교화된다. 사람이 사람과 얽히는 공간에는 무엇이든 싹틀 수 있고, 그래서 그 인과관계를 과학 이론처럼 만들 순 없을 것이다. 부모들은 자신들이 받아 본 것 중 좋았던 것들과 받지 못했으나 실은 너무 받고 싶었던 것들까지 모두 제 자식에게 쏟아붓겠지만, 세상의 모든 자식은 상담사 앞에서 울면서 꺼내고 싶은 이야기 하나쯤 가지고 있다.

◉

대학에 다닐 때 미국으로 어학연수를 갔었다.

실은 취업을 그럴듯하게 할 자신이 없어서 시간을 끌 요량이었는데, 그 초조함을 의식할 배짱도 없어 정말로 미국 생활이 너무너무 해 보고 싶은 것으로 믿고 그 환상에 매달렸다.

그렇게 미국에 도착해 잠시 머물렀던 어학원 기숙사에서 어느 한국인을 만났다. K-호구조사를 통해 그녀가 살아온 인생을 금방 도식화했다. 내 평가법에 따르면 그녀는 '실패한 인생'을 살고 있었다.

나라면 주눅 들었을 것이다. 내가 누군지 아무도 알수 없도록, 호구조사 같은 건 아예 법으로 금지된 곳으로 도망가고 싶었을 인생이었다. 여길 떠나 새롭게 판을 짜 볼 궁리만 몇 년쯤 하고 있게 만들었을 좌표 위에 그녀가 있었다.

그런 그녀가 내게 이렇게 말했다.

"저는 제가 대학에 갈 수 있을 거라고는 진짜 상상도 못 했거든요? 그런데 어쨌든 대학생이 되어 봤고, 어쩌다 이렇게 미국에서 살아 보게도 됐잖아요. 저는 진짜 운이 따르는 편인 거 같아요."

그렇게 살면 큰일 나는 줄 알았던 인생의 꼴을 하고

있는 그녀였다. 그런데 보라. 캘리포니아의 날씨를 만끽하고 있는 건 내가 아닌 그녀다. 한국인들 득실대는 기숙사에서 벗어나 미국인 홈스테이로 옮기고 싶어 어학원 행정실을 뻔질나게 드나들던 나와는 달리, 그 애는 기숙사에 새로 들어오고 있는 이들 하나하나에게 인사하고 있다. 이름이 뭔지, 어디서 왔는지 다정하게 묻고 있다.

이쯤에는 내가 놓여 있어야 할 것 같은 좌표가 그녀에게는 없었다. 그런 건 세상에 아예 존재하지 않는다는 듯이. 누가 너는 어디쯤 있느냐고 묻는다면 좌표 양 끝에 어떤 기준들이 쓰여 있나 찬찬히 살펴본 뒤 음, 전 아마 여기쯤이지 않을까요? 하고는 자신의 이름표를 좌표 위에 무심히 올려놓을 것 같았다. 그러면서도 이게 대체 뭐가 중요하냐며 비웃거나 거북해하지도, 왜 이런 짓을 하느냐고 인생에서 중요한 건 그게 아니라며 누굴 가르치려 들지도 않을 것 같았다. 우월감과 열등감 모두에서 자유로운 사람을 나는 그때 처음 보았다.

누구 앞에서도 자신을 저울 위에 올리지 않았고, 그 누구도 도구로 여기지 않는 태도. 자신에 대해서도 타인에 대해서도, 자신이 처한 상황에 대해서도 뭘 어쩌려고 하지 않는 그 여유로움을 엿보며 나는 끝내 그것을 가질 수 없으리라 생각했다. 자신을 해쳐 본 적 없는 눈빛, 그녀에게는 그게 있었다.

내 세계에 균열이 일기 시작했다. 그녀의 존재가 나를 자극한 것이다.

나는 갑자기 이곳이 안전하지 않다고 느낀다. 극도로 불안해진다. 이대로라면 결국 나를 바꾸어야 할 것이다. 이미 변하기 시작한 내 시선에 맞게 내 행동거지를 모두 수정해 안과 밖의 균형을 맞춰야만 할 것이다.

그리고 놀랍게도 나는, 원하지 않는다 믿었던 그 불안을 뺏기지 않고자 한다. 나를 내내 휘둘러 온 정체 모를 초조함을 잃지 않으려 안간힘을 쓰기로 한다. 이런, 이거 정말 큰일이네. 나는 다급하게 누군가를 찾는다. 나와 비슷한 부류의 사람들. 지금의 내가 느끼는 감정이 무엇인지 정확히 알고 있는 사람들. 내가 느끼는 불안감을 지닌 채 살아왔으며 앞으로도 비슷하게 살아갈 사람들. 우리의 존재란 우리의 가치를 스스로 증명할 수 있어야만 의미가 있다는 것에 나만큼 의심해 본 적 없는 사람들. 의심할 기회조차 절대 허용하지 않을 사람들. 내가 더 노력했다면 결과는 달랐을지도 모른다는 자책이 자신을 완전히 덮치는 것에 동의를 마친, 그래서 아주 가끔은 불안할 때 오히려 편안함을 느끼기도 하는 사람들. 나는 그들을 만나 상의하고 싶었다.

되는대로 대충 살아야지, 마음먹는 순간 다 끝장나 버릴 거라 믿는 이들과 함께 불안해하며 다가올 미래의 위험에 대비하고 싶었다. 이 '노력'과 '인내'를 지나 기대했던 것에 가까운 결과물을 빚어내면, 그걸 들고 다시 뛰자고. 나를 대단하게 여겨 줄 곳으로 가서 누군가의 환대와 선망의 눈빛을 두 눈으로 똑똑히 보자고. 그러면 나는 최종적으로 당당해질 수 있을 거라고. 그때, 우리 축배를 들자고.

아니 이건 얘기가 다르잖아요, 어학원 후기 홈페이지에 제대로 불평 글 한번 올릴 기운을 풍기고 다녀서인지 나는 예정보다 빨리 홈스테이를 구할 수 있었다.

그토록 들어가고 싶었던 '미국인 홈스테이'에는 나를 포함해 세 명의 외국인이 세 들어 살았다.

이미 5년째 그 집에 살고 있던 일본인 나오미는 당시 마흔 살의 직장인이었는데 일본으로 돌아갈 생각이 있는지 물어보진 않았지만 물었다면 아마 그럴 생각 1도 없다는 대답이 1초 만에 돌아왔을 것 같은 인상을 풍기는 여자였다. 내 옆방엔 태국에서 온 여자가 있었다. 나보다 다섯 살 많은 그녀는 태국에서 사용했던 '오이$_{oil}$'라는 별명을 자신의 이름으로 소개했다.

어학원에서 만난 태국인들은 모두 수업 첫날 자기소개 시간에 자신의 이름을 별명으로 말했는데 그 별명엔 'apple'과 같은 과일 이름도 있었지만 'kick'과 같은 움직임에 관한 단어들도 있었다. 태국에선 어느 정도 공식적인 사이부터 본명을 사용하는지 이제 와 궁금하다. 이름이 어려워서 그랬을까? 그건 물어보지 않았지만 오이의 본명은 살린냐 욧폰팔이었다.

내가 홈스테이 집에 도착하기 이틀 전 오이는 태국에서 미국으로 왔다고 했다. 치아가 다 드러나도록 활짝 웃어 보이며 "헤이~ 헬로우~" 방문을 빼꼼 열고 인사하는 그녀의 주저함이 다정함으로 느껴졌다. 알고 보니 오이도 나와 같은 어학원에 다니고 있어 우리는 학원에 같이 다녔다. 돌아올 땐 각자 집에 왔지만 나설 땐 늘 함께 움직였다. 집에서 버스 정류장까지는 걸어서 10분. 그때 우리는 영어로 무슨 이야기를 나누었을까.

영어를 아예 못하지 않았던 나와는 달리 오이는 출국 전 한두 달 영어 회화를 바짝 공부하고 온 듯한 영어 실력을 갖추고 있었다. 와, 저 정도 영어로도 미국에 혼자 올 수가 있구나 놀라움을 금치 못하고 있는데 앞으로 미국에서 일자리를 구하고 싶다는 그녀의 다짐이 나를 더욱 놀라게 했다. (오이는 나중에 미국에서 MBA 과정을 마쳤다.)

그녀는 자신의 현재 영어 실력에 대해선 신경 쓰지 않는 듯 보였다. 언어 실력이 부족해 불편함은 있었을 테지만 그건 하고 싶은 말을 다 하지 못했거나 들어야 할 말을 다 알아듣지 못해서였다. 나처럼 내 발음과 억양이 원어민들에게 어떻게 들리고 있는지 궁금해 그들의 반응을 살피는 모습 같은 건 오이에게서 찾아볼 수 없었다. 그러니까 진짜 언어를 공부하러 미국에 온 건 오이였던 것이다. 의사소통 수단으로서의 언어를, 그 언어 중 하나일 뿐인 영어를 익히러 온 건 그녀였다.

저녁 식사는 나오미의 퇴근과 동시에 시작됐고 저녁을 먹은 뒤엔 오이와 둘이 동네를 산책했다. 부촌으로 불리던 동네의 밤거리는 예뻤다. 거실에 램프가 네다섯 개씩 켜져 있는 집들을 보며, 나도 나중에 저렇게 꾸미고 살아야지 하는 소망을 품었다. 집에 돌아온 뒤엔 식탁에 모여 둘이 학원 숙제를 했다. 오이가 궁금해하는 내용이 내게 어려운 건 아니었지만 그걸 영어로 설명해 내는 건 어려운 일이었다. 하루는 내가 important라는 단어를 썼던 모양인데 오이가 그게 무슨 뜻이냐며 호기심 가득한 눈으로 나를 쳐다보았다. 아니, 그 뜻을 아직 모르는 수준이어서야! 걱정이었는지 이참에 다그치고 싶은 마음이었는지 급히 설명한다는 게 그만 내 입에서 나온 문장은 이랬다.

"Important is very important!"

그렇게 두 달쯤 지났을까, 오이가 일자리를 구했다고 했다. 앞으로는 학원 수업을 마치면 곧장 태국 음식점에 가서 일할 것이며 집에는 밤 10시가 넘어서야 들어올 거라고. 앞으로는 함께 저녁을 먹을 수도, 산책을 할 수도, 숙제를 할 수도 없을 거라는 얘기로 나는 알아들었다. 서운해할 수 없는 문제였고 사실 우리는 그럴 수 있는 사이도 아니었다.

며칠 뒤 나는 학원을 마치고 오이가 일하는 가게에 가봤다. 오이가 카운터에서 주문을 받고 있었는데 줄을 선 손님이 대충 봐도 열댓 명. 점심시간이었다. 식당에 들어가자마자 "어서 오세요" 한국말 또박또박 들리는 유명한 한인 식당 같은 곳일 줄 알았는데, 아니었다. 그곳은 태국인들이 고향 음식이 그리워 한 번씩 찾는 태국 식당이 아니었다. 눈앞의 카운터 직원의 부족할지 모를 영어 실력을 고려해 천천히 주문하는 손님은 아무도 없는 곳. 직장인들이 점심 식사하러 모여든 거대한 쇼핑몰의 식당가.

오이는 그곳에서 일하고 있었다.

만만치 않았을 그 일을 오이는 그만두지 않았다. 내가 한국으로 돌아올 때까지도 오이는 같은 자리에서 같은 일을 했다. 퇴근 후 집에 돌아와서도 힘들다고 말하지 않았다. 대부분의 날에 지쳐 보이는 얼굴을 하고 있었지만 힘드냐고 물어보면 이건 시간이 지나면 나아질 종류의 힘듦이라고만 대답했다. 나와는 정말 다른 사람이었다.

그녀를 응원하는 마음과는 별개로 너무 심심해진 나는 주로 혼자 돌아다녔다. 버스를 타고 도서관에 가 책을 뒤적이거나 책을 뒤적이고 있는 사람들을 구경했다. 집으로 돌아올 땐 버스를 두 번 갈아타야 했는데 배차 간격이 50분인 버스를 눈앞에서 놓치는 날이 많았으므로 MP3를 가지고 다니는 건 필수.('라떼'는 MP3라는 기기에 좋아하는 음악을 수십 곡 넣고 그걸로 음악을 들었습니다……) 스타벅스가 보이면 들어가 커피를 마시기도 했는데 사람들이 프라푸치노를 '프랩'으로 줄여 말한다는, 정말 아무것도 아닌 것들을 거기서 알게 되었다.

저녁을 먹고 혼자 동네를 돌고 와 식탁 위에서 숙제를 하고 있으면 오이가 밤늦게 돌아왔다. 밥을 못 먹고 일한다는 오이는 집에 오자마자 부엌으로 와 밥부터 먹었다. 일하는 식당에서 챙겨 온 음식과 홈스테이 맘 주디가 냉장고에 남겨 둔 오이 몫의 저녁까지 모두 꺼내 다 먹었다. 똠얌꿍이나 팟타이 같은 태국 음식들을 나는 그때 알게 되었다.

밥을 먹고 나면 오이는 커피우유를 만들어 먹었다. 그때마다 오이는 "Would you?"라고 묻고는 내 대답을 듣기도 전에 커다란 머그컵을 두 개 꺼냈다.

오이가 커피우유를 만드는 순서는 다음과 같다.

1. 가공 커피가루 한 스푼을 끓는 물을 조금씩 부으며 자작자작 녹인다.
2. 차가운 우유를 컵 안에 가득 붓고 냉장고에 늘 있던 네슬레 액상 시럽을 꺼내 시원하게 한 번 쭉 짠다.(계량이란 없다.)
3. 커피우유가 완성된다.

제조 과정이 이토록 간단하다 보니 커피우유를 만드는 데 걸리는 시간은 사실상 물이 끓는 데 필요한 시간이 전부. 가스 불 위에 주전자를 올리고 돌아서서 싱크대에 허리를 기댄 오이는 그제야 좀 여유로워 보였다. 오이가 만들어 주는 커피우유는 정말 달고 맛있었고 나는 6개월

만에 6킬로그램이 쪄서 귀국했다.

한국으로 돌아온 뒤 나는 아침마다 커피우유를 만들었다. 엄마가 은행에서 받아 온 커다란 머그컵에 믹스커피를 두 봉지 뜯어 그 안에 끓는 물 부어 자작자작 녹인 뒤 우유를 잔뜩 부어 주면 끝. 느끼하다 싶으면 커피가루를 더 넣었고 맛이 없을 땐 설탕을 더 넣었다.

이제 곧 취업 준비를 시작해야 할 터였다. 드라마틱하게 향상된 토익 점수로 어학연수 다녀온 값을 해야 한다는 생각에 편치 않았다. 과연 내가 회사에 들어갈 수 있을지, 어딘가에 들어갈 수나 있을지, 무슨 일을 할 수 있을지, 이런 나를 뽑아나 줄지. 모든 것이 손에 잡히지 않고 막연하던 그때 나는 매일 아침 일단 물을 끓였다.

커피우유를 들고 방에 들어오면 '취업 뽀개기' 같은 인터넷 카페의 '취뽀 후기'를 읽는 것으로 하루를 시작했다. 대개는 '이러이러한 악조건 속에서도, 그럼에도 불구하고 취업했어요'로 요약할 수 있는 사연들이었는데 그런 걸 읽고 있으면 희망이 생기기도, 더 막막해지기도 했다. 일자리가 지금보다 내게 더 간절했거나, 여기서 내가 더 악조건이었다면 좀 나았을까 하는 멍청한 생각들도 이따금 했던 것 같다.

어느 날 오이에게서 메일이 왔다. 거기엔 오이가 한 번씩 떡볶이를 사 먹는다는 근황이 적혀 있었다.

내가 지냈던 홈스테이 근처에는 한인 마트가 있었는데 거기선 반찬들도 팔았고 조리된 떡볶이도 있었다. 6.5 달러쯤 하는 떡볶이를 사 들고 집에 돌아와 그릇에 옮겨 담고 전자레인지에 돌려 보름에 한 번쯤은 먹었던 것 같다. 처음부터 혼자 먹으려던 건 아니었고 홈스테이 가족들에게 "디스 이즈 어 베리 페이머스 코리안푸드"라며 권하고 싶었지만 이제 막 전자레인지 문만 열었을 뿐인데 2층에서 내려오던 주디가 재채기를 했다. 호기심 많은 오이도 딱 한 번 떡볶이를 맛보았을 뿐 다시는 달라고 한 적이 없었더랬다. 그랬던 그녀가 지금 혼자 떡볶이를 사 먹는다고 했다. 그립다는 말로 읽는다.

직원과 손님 대부분이 한국인인 대형 한인 마트에 들어가 떡볶이가 어디 있는지 누군가에게 묻고 있는 오이의 모습을 떠올렸다. 이게 떡볶이가 맞는지 찬찬히 확인한 뒤 6.5달러를 내고 떡볶이를 들고 집에 돌아가고 있는 그녀 특유의 경쾌한 걸음걸이. 떡볶이를 적당한 크기의 그릇에 옮겨 담고 전자레인지 속 빙글빙글 돌아가는 그 빨간 음식을 2분쯤 바라보고 있을 오이 모습이 상상됐다. 보고 싶어졌다.

나는 메일 창을 열어 답장을 쓰기 시작한다. 잘 지내지? 나는 요즘 매일 아침 커피우유를 타 마시며 지내고 있어…….

목욕탕에서 나를 구해 준
삼각커피우유

내가 기억하는 최초의 집을 떠올린다.

한 직장 사람들이 함께 모여 사는 사택의 통로 맨 끝 맨 꼭대기 층. 사정이 있으면 전화 한 통으로 아이들을 먹여 주고 재워 주는 것을 스스럼없이 부탁하고 아무렇지 않게 서로 해 주던 곳. 회식을 하고 나면 모두가 같은 방향으로 귀가하던 아파트. 나는 그곳에서 열한 살까지 살았다.

누가 누구의 자식이고 누가 누구의 부모인지 모두가 아는 곳, 어젯밤 유독 시끄러운 소리가 난 곳이 몇 층 누구네 집이었는지 이튿날 아침이면 벌써 몇 사람이 모여 각자 확보한 근거들을 모아 가며 인생의 고단함과 기막힘을 새삼스레 확인하던 곳. 그렇게 조금씩 서로 위로받고 조금씩 서로 생채기를 내던 곳. 누가 언제 어딜 다녀오는지 묻거나 관찰하는 것이 유일한 낙이라는 듯 아침부터 건물 밖에 돗자리 깔고 고추나 채 썬 무 같은 걸 말리거나 다 말린 고추를 닦고 있던 누군가의 간절한 눈을 만날 수 있던 곳. 그곳에 우리 집이 있었다.

이제 막 부모가 된 나의 어린 부모님을 떠올려 본다. 나와 오빠를 내려다보며 '이 아이들이 품고 자라길 바라는 덕목'으로 그들은 무얼 꼽았을까.

나는 평범하게 자랐다. 평범함이란 눈에 띄지 않음이요, 평균에서 크게 벗어나지 않음이다. 그런데 이게 참, 자식 입장에서 맞춰 주기 실로 까다로운 조건이다. 보이지 않는 것 같으면서도 반드시 존재해야 한다니. 게다가 그 평범 여부의 판단 권한이 주체 바깥에 있지 않은가? 그러니 주체로서는 그 평범함의 평가 항목을 낱낱이 다 알 수 없다는 문제에 봉착한다. 평가자의 평가 기준과 그 기준 규정의 기원 같은 것을 알 도리가 없는 것이다. 결국 하나하나 살면서 깨쳐 갈 수밖에 없다. 애초에 위에서 내려진 세계요, 바깥에서 조여 오는 힘이다.

어떤 말이든 앞에 '평범한'을 붙이면 그 말의 중심이 내부에서 외부로 이동한다. 평범한 월 평균 수입, 평범한 성격이나 가치관, 스트레스를 해결하는 평범한 방법, 평범한 주말 아침 메뉴를 떠올려 보라. 분명한 의미를 가진 단어 앞에 '평범한'을 붙였을 뿐인데 순식간에 하나 마나 한 아무 뜻도 없는 단어들이 된다.(여기서 '평범한'을 '당신의'로 바꾸면 말의 중심이 외부에서 내부로 옮겨 오고 의미가 선명해지며 말이 형체를 띠기 시작한다.)

잘해야 얻게 되는 건 누군가의 허락, 어딘가로의 통과가 전부다. 즐거움이나 몰입과는 거리가 멀고 닿을 수 있는 최고 지점에 '안도감 확보' 정도가 있을 뿐인 애처로운 단어.

그러니 평범함이란 얼마나 닿기 불가능한 상태를 뜻하는 말이란 말인가. 애초에 존재하지 않는 무엇인지도 모른다. 나는 많은 걸 바라지 않아, 그저 우리 애들 평범하게만, 이라는 기도는 언뜻 소박한 소망으로 들릴지 모르나 실은 달성 불가능한 목표다. 눈에 띄는 누락 하나 없이, 모든 것에서 보통은 되어야 한다는. 눈에 보이지 않으면서도 반드시 존재해야 해, 알았지?

그런데 인간의 공격성이나 방어 수준에도 평균이란 게 있을까? 있다면 그건 어느 정도를 말하는 것일까. 가슴 저미는 슬픔의 정도에도 평균이란 말을 갖다 붙여도 될까. 그 충격과 슬픔을 달래고 소화시키는 데 필요한 평균적인 시간이란 것이 존재한다고 과연 말해도 되는 걸까.(도대체 언제 적 얘기야, 그 얘기 좀 그만해.)

누군가의 말과 행동에 영향을 받은 쪽의 '몸과 마음의 변형'에도 평균이란 게 있을까. 있다면 그건 어느 정도를 말하는 것일까. 미움과 원망과 실망과 증오를 마음에 품느라 자신을 다치게 했던 일들의 평균이란 것이, 그 마음을 위로하고 안아 주느라 또 다른 누군가의 사랑을 확인하고자 했던 처절한 시간들의 평균이란 것이 과연 있다고 말해도 되는 걸까.

한 생명체로서 사랑받고자 하는 본능적 욕구가 사랑받으려 애쓰는 상태로 넘어가는 건 언제부터일까. 자신이 누군가에게 행복을 줄 수도 있는 존재라는 확인에서 오는 즐거움과 누군가의 불행에 자신에게도 책임이 있다는 부채 의식의 경계는 어디쯤일까.

여덟 살의 나에게 목욕탕이란 거길 왜 가야 하는지 납득하기 어려운 곳이었다. 몸을 깨끗이 씻기 위해서라면 집에서도 충분할 텐데 그렇게까지 뜨겁고 습한 곳에 들어갔다 나와야 한다는 것이 글쎄, 이해하기 어려웠다. 그러나 아주 어린 나는 그 의문조차 품지 못한다. 가자면 그냥 가는 거였다. 어린아이의 삶이란 대개 그렇다.

엄마의 한 손에 꼭 들어맞던 녹색 때수건에는 내 주먹 두 개가 다 들어갔다. 나는 때수건 안에 내 양손을 겹쳐 집어넣고 엄마의 등을 밀었을까? 힘을 아래쪽으로 주는 동시에 핵심적 힘은 앞쪽으로 가해야 하는 그 고도의 힘 쓰기 기술을 어린 내가 부릴 수 있었을지 모르겠다. 엄마 등은 벌써 뻘겋게 됐는데 때가 아직 나오지 않아 애가 탔던 기억이 난다.

엄마 등에 나는 몇 살까지 올라탔을까. 기록(사진)에 의하면 세 살 때까진 수시로 업혔던 것 같다. 그건 순전히 연년생 내 별난 오빠 덕분이었는데, 오빠가 뛰어다니며 사고 치는 것을 감시하려면 엄마의 눈과 손발이 모두 오빠에게 묶여야 했기 때문일 것이다. 하나 더 낳아 버린 생명은 등에 딱 붙이고 다닐 수밖에 없었겠지.

한번은 엄마가 열이 나는 오빠를 병원에 데리고 가야 했던 날을 내게 이야기한 적이 있다. 아픈 오빠를 등에 업어야 하는데 내가 아직 걷지를 못하니 나를 등에 업고 오빠를 걷게 해 병원에 갔다는 이야기. 그때를 회상하는 엄마 눈을 보았다.

자신의 감정이 누군가에게 온전히 품어지는 일 따위 꿈도 꾸지 못하고 살아온 듯했던 엄마의 눈에서, 말해지지 못한 것들에도 질량이 있음을 나는 그때 알았다. 엄마가 읽어 내 주지 못한 감정이 너무 많다고, 그래서 내가 내 감정을 스스로 읽어 내느라 너무 많은 시간을 나만 들여다보는 데 써야 했다고 오랫동안 생각했었다. 그런데 그게 아닐지도 몰랐다. 겉으로 드러나 보이지 않았다고 해서, 언어와 몸짓으로 분명히 표현되지 않았다고 해서 존재하지 않았던 게 아닐지도 몰랐다. 그날 내가 본 건 열이 난 채로 걸어야 했던 두 살배기 아들에게 여태 미안해하고 있는 어미의 눈이었다. 정작 오빠에게 물어보면 기억도 못 할 일을 홀로 생생히 기억하며 마음 아파하고 있는 아주 여린, 맑은 눈이었다. 나는 40년 전 엄마의 눈빛이 어땠는지 알 것만 같았다.

내가 유독 잠이 많고(춘천에서 대구까지 가는 고속버스 안에서 한 번도 안 깨고 자서 설마 애 죽은 거 아닌가 숨 쉬는지 엄마가 확인해 본 일화 있음.) 온순한 아이였다는 엄마의 한 줄 평은 아마 엄마 등에 붙어 있었던 시간 덕분일 거라고 생각한 적이 있다. 결국 어린 내가 궁극적으로 원했던 건 엄마의 품이었을 테니까.

시간이 지나 나는 수학여행 때 종이컵 안에 촛불 하나 끼우고는 사회자의 지시대로 엄마를 생각하다 울 수 있는 십대가 되었다. 그리고 그건 아마 목욕탕에서 엄마 등을 밀었던 시간 넉분이 아니었을까.

엄마의 널찍한 등을 밀며 나는 이 세상에 나를 업고 받쳐 주던 등이 내 앞에 존재함을 보았다. 그 등이 내 앞에 있었다는 게 중요하다. 나는 여태 그 등이 내 안에 있는 줄로만 알았던 것이다. 나와 물리적으로 어딘가는 연결되어 있는 것인 줄로 알았는데, 그래서 언제든 그 자리에 있는 가구 같은 건 줄 알았는데, 알고 보니 살아 있는 어떤 한 사람의 등이었다는 사실을 알아차렸을 때의 그 낯선 감각. 그것은 내가 아닌 완전한 타인의 신체 일부였다. 순간 '누군가 나를 위해'라는 표현의 의미를 완전히 실감했다. 그 놀라움과 어떤 상실감이 종이컵에 끼운 촛불 하나를 들고도 나를 울게 했을 것이다.(물론 사회자의 노련한 주입식 감동 유발과 유독 남들 앞에서 눈물 흘리기 좋아하던 몇몇의 눈물 선동도 한몫했겠지마는.)

그걸 두고 계급이라기엔 뭐하지만 목욕탕에는 확실히 구역이 나뉘어 있었다. 나 목욕탕 좀 다닌다, 하는 사람들은 목욕탕 내 특별 부스를 드나들었다. 그들은 한증막의 엄청나게 뜨거운 증기 속에 꽤 오래 앉아 있는 것만으로 그들의 특별함을 증명하는 데 그치지 않았다. 그들은 사우나실을 나오자마자 즉시 찬물을 끼얹었고 냉탕에

입수하는 것으로 진입 장벽을 더욱 높이고 있었다. 그리고 그 무리에 나의 엄마도 있었다.

엄마가 그 뜨거운 한증막 안에서 평온하게 앉아 있는 동안 나는 둥글고 낮은 목욕탕 의자에 앉아 자리를 지켰다. 그것은 몹시 지루한 일이었지만, 어린아이란 단 한순간도 허투루 쓰지 않고 어떻게든 즐거워지는 법을 알고 있는 존재. 나는 귤 세 개쯤 까 알맹이는 입에 넣고 귤껍질로 '삼겹살 굽기 놀이'라는 것을 했다.

놀이의 플롯은 간단했다. 먼저 목욕탕 바가지 두 개를 뚫린 쪽으로 마주 보게 겹친다. 그 순간 아래 바가지는 가스레인지가, 위쪽 바가지는 프라이팬이 된다. 그다음 가스레인지를 켜고 프라이팬에 귤껍질을 하나씩 올리면 끝. 삼겹살에 한 번씩 뿌리는 물은 '비밀 양념'이었고 고기가 다 익은 시점은 귤껍질이 찢어져 너덜너덜해진 순간이다. 다 구워진 고기들을 접시(또 다른 바가지)에 담으면 나는 다시 귤을 까 고기를 굽기 시작했다. 엄마도 다 구운 고기를 상에 올리자마자 바로 프라이팬에 삼겹살을 이어 굽기 시작했었다.

어린 나는 엄마가 목욕탕을 좋아한다는 걸 알고 있었다. 엄마가 뜨거운 한증막과 차가운 냉탕을 오가며 뭔가를 삭이고 있음을, 뭔가를 식히고 있다는 것까지 알지는 못했겠지만, 엄마가 목욕탕에 있을 때면 쉬는 사람의 얼굴이 된다는 것 정도는 알았다. 그래서 나도 목욕탕을 좋아하고 싶었다. 그래서 엄마를 졸랐다. 매점에서 커피우유를 사 달라고 계속 졸랐다. 내가 이곳을 좋아할 수 있도록 제발 협조해 주세요, 네?

안이 훤히 다 들여다보이던 매점 앞 통유리 냉장고 안 제일 아래쪽 칸에 커피우유가 있었다. 정사면체 모양의 빳빳한 비닐 포장 속 커피우유는 서로의 면을 마주 본 채 수십 개가 쌓여 있었다. 나는 양손으로 그 정사면체 커피우유를 들고 탈의실 평상에 올라앉아 종아리를 대롱대롱 흔들기 시작한다. 빨대를 향해 쭉 내민 오리 같은 입을 하고는 다시 탕으로 들어가는 엄마를 안심시켰다. 집에 가자고 절대 안 할 테니 걱정 말고 쉬고 오라는, 엄마에게 보내는 비밀 신호다.

인간은 얼마나 우스운 존재던가. 어제까지 좋다고 난리 치던 것에 갑자기 싫증내고 그 반대 경우도 얼마든지 해낸다. 나는 커피우유 하나로 생각이 완전히 바뀌었다. 목욕탕이라는 장소에, 그 장소가 지닌 모든 것에 마음이 열린 것이다. 본 적 없는 사람들이 알몸으로 스치는 그곳은 연극 무대를 닮아 있었다. 홀딱 벗고 돌아다니는 것이 합의된 질서이자 예의이자 약속임을 모두가 알고 있는 곳에서, 오직 세신사 아주머니와 매점 아주머니만이 화려한 자주색 브라 팬티 속옷 세트나 큼직한 꽃무늬가 어지러이 프린트된 홈드레스를 입고 있었다. 나는 이 장면이 좋아지기 시작했다. 탈의실을 돌아다니면 화장품 냄새와 로션 냄새가 묘하게 뒤섞여 내 몸을 휘감았다. 일행 중 유난히 서둘러 탈의하고 있는 한 사람은 필시 탕에 들어가며 이렇게 말하고 있다. 내가 먼저 들어가서 자리 맡고 있을게! 일요일 오전 10시, 어떤 이는 누군가의 구원자가 되어 삶의 활기를 끌어올린다.

어떤 물은 아주 차갑고 어떤 물은 너무 뜨겁다는 사실은 어찌나 우리의 삶과 닮았는지. 이보다 더 느긋할 수 없을 정도로 느릿느릿 얼굴에 뭔가를 찍어 바르고 있는 사람들과 옷의 일부만 걸친 채 평상에 앉아 TV 속 노래 자랑 무대를 보거나 갑자기 일어서서 귀지를 파는 사람들이 있던 곳. 웃고 싶어 온 사람들과 울고 싶지 않아 온 사람들이 맨살로 스쳐 가고 있다. 나는 커피우유를 두 손에 꼭 쥐고 포장 용기를 살살 눌러 가며 엄마를 기다린다.

〔번외〕

커피 칸타타를 보고
편지를 띄웁니다

To. 치머만 커피하우스

한국 서울의 어느 작은 카페에서 독일 라이프치히에 있는 치머만 커피하우스로 편지를 띄웁니다. 요한 제바스티안 바흐J. S. Bach의 커피 칸타타Coffee Cantata, BWV 211를 보고 편지를 쓰지 않을 수 없어서요. 치머만 커피하우스에서 일종의 커피 광고 음악을 바흐에게 의뢰해 나온 작품이 바로 커피 칸타타라면서요? 커피를 못 마시게 하려는 아버지와 커피 없이는 못 산다는 딸의 이야기라니요. 바흐가 이런 재밌는 곡도 만들었는지 몰랐습니다.

그 곡이 초연된 치머만 커피하우스에 가 보는 것은 현재 저의 버킷리스트 1번이 되었어요. 그곳에서 커피 한잔 마시며 18세기 시대와 바흐의 흔적을 느끼고 싶습니다. 거긴 어떤 커피가 제일 유명한가요? 디저트도 파나요?

칸타타는 아버지가 처음 내뱉는 대사부터 저를 사로잡았죠. '정말 애들 키우는 건 끝도 없는 골칫덩어리를 안고 있는 것 아닙니까!'라니요. 진실을 입 밖으로 내뱉고야 마는 자들. 결국 인간을 위로하고 세상을 바꾸는 건 그들이 아니겠습니까? 그들을 지우거나 가리려고 하면 안 됩니다. 최소한 예술만큼은, 그러면 안 되지요.

커피를 너무 사랑하는 딸에게 아버지는 호통칩니다. 커피 좀 치우라니까!

그때 딸이 뭐라고 합니까? 하루에 커피를 석 잔 못 마시면 너무나 괴로워서 염소 고기구이 조각처럼 말라비틀어질 거라고 합니다. 저는 '말라비틀어진 염소 고기구이 조각'을 본 적은 없습니다만 얼마나 생기 없는 상태를 말하는 건지는 알겠더라고요. 저도 커피를 끊으려고 시도해 본 경험이 많은데요. 커피를 끊겠다고 마음먹는 순간 저의 하루는 '오늘은 커피 끊은 지 며칠째 되는 날' 그 이상의 의미가 없더라고요.

딸은 말하죠. 커피는 천 번의 키스보다 사랑스럽다고요. 누군가 날 즐겁게 하려면 커피를 부어 달라고요.

아, 정말 대단하지 않습니까? 자신이 무엇을 원하는지 정확히 알고, 그것을 알고만 있는 데 그치는 것이 아니라 타인에게 당당히 표현할 수도 있다니요. 그거 쉬운 일 아니라고 생각합니다.

딸에게 영 말이 안 먹히자 아버지는 슬슬 협박을 시작하네요. 커피를 끊지 않으면 파티도, 산책도 금지하고 드레스도 안 사 줄 거라며 으름장을 놓습니다. 그런데 저런, 따님은 끄떡없네요. 커피만 있으면 된다고 대답합니다.

딸이 뜻대로 움직여 주지 않자 아버지는 딸을 누르는 강도를 높입니다. 커피를 그만 마시기 전까지는 창문에 다가가지도 말고 지나가는 사람도 바라보지 말라는 명령을 내리지요.

쯧쯧, 안타깝습니다. 안달복달하는 사람치고 일 성사시키는 걸 본 적이 없는데 말입니다. '즐거움과 기쁨을 포기'하는 선택지를 제시하는 아버지라니, 비열합니다. 하지만 아버지 입장도 이해가 안 가는 건 아니에요. 당시에는 커피를 마시면 얼굴이 검게 변하고 불임이 될 수 있다는 소문이 있었다고 하니까요. 자기 딸이 그렇게 될까 봐 겁이 났던 거겠지요.

그나저나 딸은 이번에도 눈도 껌뻑 안 합니다. 자기는 그런 거 하나도 신경 안 쓴다고 나오네요. 커피만 마시게 해 달라는 말만을 반복할 뿐입니다. 연신 커피만 외쳐 댑니다. 정말이지 그 딸, 저 같아서 웃음이 나지 뭡니까?

누가 봐도 딸의 고집을 꺾긴 어려워 보입니다. 그렇다면 이제 아버지가 인정하는 일만 남았어요. 하지만 세상의 어떤 깨달음들은 조금 늦게 오는 법이고, 그 아버지는 저와같이 어리석은 인간이기에, 더 큰소리를 내 보기로 하는군요. 아버지는 마지막 카드를 꺼내며 일을 키웁니다. 딸에게 이르길, 커피를 끊지 않으면 남편을 못 얻을 줄 알아!

흠, 결혼을 시키지 않겠다고 나오네요. 지금의 저라면 좋다고, 예스! 결혼 안 하고 커피를 계속 마시겠다고 했겠지만 웬걸, 딸이 커피를 끊겠다고 나옵니다. 곧장 커피를 포기하겠다며 납작 엎드리는데요? 하긴, 290여 년 전 결혼의 의미가 지금과는 달랐겠지요.

자자, 그나저나 우리 아버지 얼마나 기뻤을까요. 내내 으르렁거리던 마음이 드디어 가라앉았겠네요. 하지만 마음이 아주 편치만은 않았을 것 같아요. 딸이 그토록 좋아하는 커피를 못 마시게 했으니까요. 그러나 아버지 걱정은 할 필요가 없을 겁니다. 왜냐하면 그는 그 모든 게 딸을 향한 사랑이었다고 철석같이 믿을 테니까요. 인간은 자신이 형편없다는 느낌을 참지 못하는 존재이니 어떻게든 생각을 달리했을 겁니다. 그 아버지는 아마 이렇게 말했을걸요? 이게 다 너 잘되라고 하는 소리야!

이제 공연의 하이라이트가 나옵니다. 이 부분부터 극은 '재치 있는 설정'에서 '재미있는 이야기'로 옮겨 가요. 결혼하는 대신 커피를 끊겠다던 딸은 은밀하게 손을 써둡니다. 결혼 증서에 조건 하나를 걸어 놓은 것이지요. 그 조건인즉슨,

'내 마음대로 커피를 끓일 수 있다는 것에 동의함.'

캬, 최고 아닙니까? 딸이 정말 시원시원하네요. 두려움이라고는 모르는 사람 같아요. 두려움을 모르는 자, 그러니까 두려움 때문에 자신이 원하는 것을 참거나 포기하거나 바꾸는 것을 아예 할 줄 모르는 사람 말이에요. 세상의 모든 예술가가 죽는 날까지 응시해야 하는 인간상 중 하나 아니겠습니까? 〈커피 칸타타〉 곡은 바흐가 썼지만 거기에 가사를 붙인 건 바흐의 〈마태 수난곡〉 가사를 쓴 크리스티안 프리드리히 헨리키Christian Friedrich Henrici라는 사람이라는데요. 그 둘은 진정한 예술가였던 게 틀림

없습니다.

딸의 태도는 생각할수록 놀라워요. 보세요, 때는 1734년이었어요. 딸들에게 아버지의 권위가 과연 어느 정도였을까요. 여성의 커피하우스 출입이 제한되어 저 공연의 딸 역할도 남자 성악가가 했다는 당시 상황이 그 시대의 많은 것을 짐작하게 합니다. 그러니 딸의 기지가 더 대단하지요. 성숙한 느낌보다는 당찬 느낌, 지혜롭다기보다는 사랑스럽습니다. 아버지가 아무리 딸을 결혼시키지 않겠다느니 어쩌니 했어도 왠지 그 집 앞에는 청혼하려 줄 선 남자들이 수두룩했을 것만 같군요.

저는 그 딸이 부러웠어요. 어쩐지 자신만만해 보이는 삶의 자세, 그러면서도 너무 심각하지 않은 태도가 저도 갖고 싶더군요. 그 딸에게 고민 하나를 털어놓고는 당신이라면 어떻게 했을 것 같은지 물어보고 싶어집니다.

결국 아버지는 포기합니다. 칸타타의 마지막 노래, 아버지의 대사를 보세요.

고양이는 쥐를 놓아주지 않고,
처녀들은 커피에 사로잡혀 있네
어머니는 자기 커피잔을 사랑하고

할머니도 커피를 마시는데
누가 딸들을 탓하랴

독일인 아버지도 '자식 이기는 부모 없다'는 우리나라 속담이 옳았음을 입증합니다. 그런데 어쩐지 저는 이 대사에서, 딸이 끝까지 커피를 포기 못 하겠다고 나왔어도 아버지가 정말 자기 딸을 산책도 못 나가게 막지는 않았을 거라는 생각을 했어요. 그냥 그런 생각이 들었답니다.

아, 그런데 아버지도 이건 몰랐나 봅니다. 딸도 결혼을 해 자식을 낳으면 극의 제일 처음 그가 했던 말처럼 '끝도 없는 골칫덩어리' 때문에 으르렁델 일이 줄줄이 기다리고 있을 거란 사실을 말이에요. 인생은 소탐대실의 연속인지도 모르겠습니다. 그러나 어리석기로는 저도 만만치 않은 터라 더 이상 입을 나불대지는 않겠어요.

아무튼, 독일에 여행 갈 일 있으면 저는 치머만 커피하우스부터 들를 겁니다. 그곳에 가서 꼭 커피 한 잔 마셔야겠어요. 조만간 만나 뵐 수 있게 되기를요.

그때까지 안녕히 계세요.

To. 한국의 어느 커피 애호가

보내 주신 편지는 잘 읽었습니다. 그런데 해당 공연
은 워낙 오래된 작품이기도 하고 저는 본 기억이 없군
요. 도대체 어떻게 보셨다는 거지요, 유튜브?

이 소식을 전하게 되어 매우 안타깝지만, 해당 카페
가 있던 건물은 제2차 세계대전 때 무너졌습니다.

그러나 너무 실망하거나 속상해하지 마세요. 모든 것
은 변하고, 그렇기에 모든 것은 지나가는 거잖아요. 놀
랄 일이 아닙니다. 그걸 알아야, 그걸 진짜로 우리가 믿
어야, 오늘 하루를 온전히 살 수 있을 테니까요. 당신이
그 사실을 다시 한번 깨달을 수 있는 기회라는 점에서

나쁘기만 한 소식은 아니리라 믿고 이 답장을 보냅니다.

그럼 사는 동안 건강하고 평안하시기를요. 뭐, 바란다고 꼭 그렇게 되는 건 아니겠지만 그걸 바라는 것 말고 우리가 할 수 있는 게 딱히 또 뭐가 있겠습니까?

안녕히 계십시오.

3 부

나를
알아 가고,
너를
이해하며

오늘의 커피를
추천해 드립니다

모든 인간에게는 그 사람만이 가진 능력이 하나씩 있다고 나는 믿는데, 학원에서 중국어를 가르치던 내 고등학교 친구 세은에게는 그 능력이 이렇게 나타났다.

"나는 그걸 알 수 있어. 이 사람이 어느 정도의 어학 수준에서 만족하고 그만둘 사람인지가 딱 보이는 거지. 회화 몇 마디 배우는 거로 충분한 사람인지, 한번 끝까지 가 보고 싶은 사람인지가 다 보이는 거야. 간혹 학원 등록만으로도 만족한 사람들이 보이는데 십중팔구 그 사람들은 며칠 나오다가 안 나와."

나는 그걸 알려 주는 학원을 강남역에 차리라고 했다.

내게는 그 능력이 '날씨에 어울리는 커피를 떠올리는 재주'로 나타났다. 눈뜨자마자 오늘 마시기에 딱 좋은 커피 메뉴가 반사적으로 떠오르는 것이다. 그것도 커튼을 열고 창밖 날씨를 확인하기도 전에 말이다.

잠에서 깨어 아직 몸을 일으키기 전, 나는 침대에 누운 채로 눈을 감고 천천히 호흡을 고른다. 아직 환기하지 않은 집 안 공기를 힘껏 들이마신다. 음, 오케이. 나는 냉장고로 가 문을 열고 편의점에서 2+1 행사로 사 둔 컵커피 하나를 꺼낸다. 그래, 오늘은 이거지. 커튼을 열어 보면 백발백중 쨍한 날씨다. 하늘이 이렇게 맑아서야 원!

원인 불명의 뇌손상으로 몸이 완전히 굳자 아이는 하루의 반 이상을 끙끙댔다. 칼로리 높기로 유명한 유동식을 위루관으로 곧장 몸에 넣어 주고 있는데도 아이의 체중은 반년 동안 조금도 늘지 않았다.

눈앞에 펼쳐지고 있는 장면을 이해할 수 없었다. 잠시 붙들고 있을 만한 기적에 관한 이야기들도 이곳에 끼어들 틈은 없어 보였다. 뭐, 어지간해야 말이지. 희망의 말들을 입버릇처럼 내뱉는 긍정적이고 낙관적인 사람들도 여기선 입도 뻥긋할 수 없을 터였다. 나는 깨어 있는 모든 시간에 울부짖고 싶은 마음이 되었다.

가슴을 아무리 세게 내리쳐도 내 몸통은 부서지지 않았다. 그런데 아이는 왜 그랬지? 아이의 몸에 그 어떤 압력도 가하지 않았는데 말이야. 어떻게 그 많은 것을 한순간에 잃어버릴 수가 있지? 나는 세상의 어떤 것도 이해할 수 없을 것 같았다. 세상의 그 무엇도 진짜라고 믿을 수 없을 것 같았다.

이렇게 느닷없는, 이렇게까지 예상치 못한 세계에 발 딛고 싶지 않았다. 신은 감당할 수 있을 만큼의 시련을 주는 게 아닐 거다. 신은, 착한 사람들만 골라 시련을 주는 게 분명했다.

착하게 살았으니 그래도 가기 싫은 곳에는 가지 않을 방법이 있지 않을까. 너는 그냥 죽으라는 듯이 이렇게 나를 망쳐 놓았을 리 없다는 확신이, 신이 이곳을 빠져나갈 길 하나쯤은 마련해 놓고 나의 인내심과 총명함을 시험하고 있는 거라는 믿음이, 그 사라지지 않는 전능감이 저기 저 위에서 나를 조종했다. 도저히 인정할 수 없다는 듯 괴로운 표정을 계속 짓고 있으면, 그러니까 내가 이렇게 버티다 보면 결국 저쪽에서 먼저 물러설지도 모른다는 환상이, 내가 붙들 수 있던 유일한 희망이었다.

그때 나를 구한 건 커피였다. 근처에 새로 생긴 카페

가 있으면 세상에나, 그 끙끙대는 아이를 안고서 카페에 들어가 안녕하세요, 인사하며 들어가 커피를 주문했다. 다시 올 만한 곳인지 아닌지 나만의 평가 항목으로 점수 매겨 가며 혼자 진지했다. 덕분에, 정말로 그 덕분에 나는 잠시 나를 잊었다. 이제는 꽤 체중이 나가는 아이를 안고 있었음에도 그 무게가 전혀 느껴지지 않았다. 운 좋게 마음에 쏙 드는 카페를 발견하면 그곳에 들를 계획을 세우는 것이 일과 중 가장 중요한 일이 되곤 했다. 그 계획을 달성할 수 있다면, 그곳에서 오늘 캐러멜마키아토 한 잔 따뜻하게 마실 수 있다면 절대 죽지 않기로, 정말 아무도 죽이지 않기로 맹세할게요.

상황이 이렇다 보니, 커피를 마시고 싶을 때 바로 마실 수 있도록 내 하루를 세팅해 두는 수밖에 없었다. 외출 유무는 아이의 컨디션에 따라 달라질 것이므로 일단은 집 안에 안전장치를 설치해 두는 데 집중했다. 냉장고 문을 언제 열어도, 좋아하는 매일유업 '바리스타' 컵커피가 6개쯤은 보이도록 특히 신경 썼다.(자칫 자신에게 불똥이 튈 것을 직감한 남편은 퇴근길에 '바리스타' 사 와 달라는 요청은 까먹은 적이 없다.)

거기에 이름을 붙이자면 폭발 지연 혹은 폭발 방지 장치쯤이 되려나. 잔뜩 성난 내게 그 커피들이 말했다. 일단

이거 한잔 마시고 다시 생각해 봐, 응?

나는 요즘도 매일 아침, 날씨와 어울리는 커피를 떠올린다. 오늘은 그 카페에서 따뜻한 라테를 마시는 게 좋겠어. 아니다, 아이스? 어느 때보다 집중도가 높다. 그 순간 내 삶은 꽤나 비장해진다. 의미 있어진다. 살아 내기로 한다. 살아 보기로 한다.

비가 오면 볼 것도 없이 믹스커피다. 꼭 비가 내리고 있을 필요도 없다. 비가 왔다가 그쳤거나 곧 비가 올 것 같은 묵직한 공기만으로도 그 결정의 이유로 충분하다. 달달한 믹스커피 한잔을 떠올렸을 뿐인데 나는 벌써부터 마음이 가벼워진다.

오늘의 커피를 떠올리는 일은 내 안과 밖의 균형을 맞추는 작업이다. 구름 한 점 없는 날이면 찬란한 햇빛과 맑은 공기에 압도당할 것만 같아 숨이 턱턱 막힌다. 자기처럼 찬란하게 빛나지 않고 거기서 뭐 하고 있느냐고 질타하는 것만 같아 매우 언짢다. 그러나 비가 내리면 얘기가 다르다. 날씨와 나 사이에 조율 과정은 필요 없다. 서로 노력할 것이라곤 하나도 없는 사이, 우리는 함께 있어도 괜찮은 완벽한 파트너가 된다. 창밖을 보니 비가 쏟아져 내리는 정도가 아니라 아예 창문에 내리꽂히는 수준이다.

날이 우중충해 남들이 왠지 우울하다고 할 만한 그런

날이면 나는 열심히 살아 보고 싶어 아침부터 분주하다. 아이를 목욕시키는 일도 맑은 날만큼 힘들지가 않다. 아직 뽀송뽀송한 아이의 맨살에 비누 거품을 묻히고 있으면 아이의 보드라움에 새삼 놀란다. 몸을 씻은 아이의 위루관 주변을 소독하고 거즈를 감싼 뒤 기저귀를 채운다. 손으로 돌돌 만 상의 내복을 입힐 때 눈을 질끈 감는 아이가 귀여워 나도 웃는다. 얼굴에 로션을 발라 주면 잔뜩 찡그리며 온몸에 힘을 또 주는데 그 모습이, 싫다는 말을 할 줄도 아는 것 같아 기특하다. 인생의 재미를 역설에서도 찾을 수 있다면 인생은 확실히, 무지하게 재미있는 쪽일지도 모르겠다.

나는 40주에 낳아야 하는 아이를 26주에 낳았다.

마취에서 완전히 깼을 때는 나 혼자 회복 병실로 옮겨진 뒤였다. 아이는 신생아 중환자실로 곧장 보내졌다는 누군가의 말이 귀에 들리고 남편과 엄마의 얼굴이 보이기 시작했을 때, 나는 어느 태교책에서 읽었던 '태아의 폐는 28주째에 완성된다'는 내용을 떠올렸다.

아이를 처음 만나러 신생아 중환자실로 갔더니 1.03kg

으로 태어났다는 체중이 950g으로 줄어 있었다. 그 작은 몸에 줄줄이 달려 있는 온갖 장치가 이게 한두 달 안에 끝날 일이 아님을 알려 주었다.

출생신고가 급해졌다. 출생신고는 출생 후 1개월 이내에 해야 한다기에 남편이 구청에 가 아이 이름을 지어 우리의 자녀로 올렸다.

그때 나는 집에 혼자 있었다. 아이에게 먹일 수 있을지 없을지도 모르는 젖을 짜고 있었다. 이미 냉동실 반이 얼린 모유로 가득 찼고, 아이는 중환자실에서만 7개월 반을 살았다.

신생아 중환자실의 면회는 하루에 두 번 20분씩만 주어졌기에 아이를 가장 오래 볼 수 있는 날은 아이의 수술 날이었다. 수술실로 굴러가고 있는 이동식 침대 위에는 투명한 아크릴 상자 같은 작은 인큐베이터가 단단히 고정되어 있고 그 인큐베이터 안에 내 아이라는 너무도 작은 생명체가 누워 있었다. 구부러진 저 무릎을 다 펴도 몸 전체 길이가 내 손목부터 내 팔꿈치까지는 될까, 자꾸만 아이의 크기를 가늠해 보게 됐다. 안아 보고 싶었던 것 같다.

수술을 마친 아이가 중환자실로 돌아가는 동안 인큐베이터 속 아이를 또다시 내려다볼 수 있었기에 엘리베이터가 꽉 차 있어 이동식 침대가 다음을 기다려야 할 때면 잘됐다 했다.

신생아 중환자실의 자동 출입문이 다시 활짝 열린다. 아이 곁에 빠르게 다가온 의료진들이 이런저런 장치들을 아이 몸에 서둘러 연결하고 아이의 인큐베이터는 제가 있던 자리에 다시 놓인다. 그 장면을 멀찍이 복도에서 보고 있으면 아이의 집은 저기라는 생각이 들었다. 아이에게 도움을 줄 수 있는 사람은 내가 아닌 저들이라는 사실을, 나는 그럴 때 실감했다. 그리고 그럴 때, 아이가 내게 소속된 작은 조직이 아니라는 진실의 확인이 불편했던 기억이 난다. 좀 전에 전신마취를 하고 수술실에서 나온 그 작은 아이를 두고도 나는 그런 생각을 했다.

그런 날엔 집에 돌아가는 버스를 타기 전 연세대학교 정문 앞 횡단보도를 건너 카페에 들어갔다. 카페인이 든 커피를 마시고 나면 가슴 한쪽에 이십 분씩, 양쪽 가슴을 번갈아 손에 쥐고 유축한 모유를 두세 번쯤 버려야 한다는 걸 알면서도 나는 바닐라라테를 기어이 한 잔 사 마셨다. 그러면 조금 전 아이 주치의에게 들었던 이야기 같은 것을 잠시 잊을 수 있을 것도 같았다.

내 모든 걸 내놓아도 아이를 여기서 조금도 더 낫게 만들 수 없다는 무력감이 '산모가 마시기에 부적절한 대표 음식'인 커피를 마시고 있으면 달래졌다. 균형이 맞춰

졌다고나 할까. 내 손으로 할 수 있는 것이 아무것도 없다
는 무력감은, 내 손으로 뭐라도 할 수 있다는 확인으로만
상쇄됐다.

나는 소파에 멍하니 앉아 TV를 보며 40분 동안 유축
한 모유를 싱크대에 그대로 붓는다. 모유가 담겨 있던 젖
병을 베이킹 소다를 묻힌 솔로 꼼꼼히 닦는다. 저녁 면회
가기 전에 한 번 더 짜야 하므로 젖병을 건조기에 넣고 전
원 버튼을 누른다.

어린이 병동을 빠져나와 병원 본관을 가로지르는데
어디서 기름 냄새가 솔솔 났다. 두리번거리니 저기 저쯤
에서 호떡과 핫바를 팔고 있었다. 뭐야 저건?

이 병원엔 전국에서 모여든 '목숨이 달린 이들'이 누
워 있었다. 치료를 받기 위해 아니면 죽기 직전까지 살아
있기 위해 온 사람들이 숨 쉬고 있었다. 방금 병실에서 보
고 나온 이의 얼굴을 다시 볼 수 없을지도 모른다는 걸 알
고도 병문안 오기 전 선물로 알로에주스가 나을까 생과
일주스가 더 나을까 진지하게 고민하던 사람들이 오가
는 곳이었다. 각자 말없이 품고 있는 기도가 너무 절실하
고 강렬해 회전문을 통과해 병원 안으로 들어서는 순간
기가 다 빨리는 곳이었다. 저기 저렇게 기름 냄새 한가하

게 풍기고 있어도 되는 곳이 아니라 이 말이다. 저게 말이 돼? 호떡도 모자라서 핫바? 가래떡 하나를 통으로 넣고 튀겨 버렸다고?

이 병원에는 엄마 품에 한번 안겨 보지 못한 내 아이가 누워 있었다. 며칠에 한 번씩 다시 잡아야 하는 정맥 혈관은 이제 더 뚫을 곳이 없어 머리카락을 밀고 그 머리에다 주삿바늘을 꽂아야 했던 내 아이가, 인큐베이터 문을 열고 들어오는 사람의 손길을 자신에게 곧 가해질 고통의 신호로만 이해하고 있을 내 아이가 그 작고 투명한 집에 혼자 살고 있었다. 느닷없이 엄마 배 속에서 쫓겨나기도 삽관부터 해야 했던 아이에게 나는 그렇게라도 숨 쉬길 원하는지 물어보지도 못했다. 그런 내 아이가 있는 곳이 바로 이 병원이었다. 핫바에다가 케첩이랑 머스터드 둘 다 뿌릴까 말까를 고민하는 곳이 여기일 수는 없는 거였다. 정말 그럴 수는 없었다.

그리고 놀랍게도, 그 기름 냄새가 아무렇지 않게 되기까지는 오래 걸리지 않았다. 아이의 수술이 이삼 주에 한 번씩 반복되자 나는 대기실 모니터 속 내 아이 이름 옆에 '수술 중'이라는 글자가 뜨면 간단히 배 채울 정도의 시간이 난다는 것을 계산할 수 있게 되었다. 호떡이랑 커피 좀 사와 달라고 남편에게 부탁하면서도 방금 뱉은 단어들에

동요되지 않았다.

호떡과 커피를 먹고 기운을 차려야, 수술이 끝난 뒤 의사가 설명할 때 집중할 수 있을 터였다. 호떡과 커피를 사 먹고 기운이 있어야, 아이가 중환자실로 다시 돌아갈 때 아이 곁에서 똑바로 걸을 수 있을 터였다.

마침내 주제 파악이 된 것이다. 아이를 위해 엄마로서 내가 할 수 있는 일이란 기도와 병원비 결제뿐이라는 것을 알게 된 것이다. 배 채울 수 있을 때 배를 채워 두는 것이야말로 기도와 병원비 결제에 도움이 되는 거의 유일한 행동임을 나는 완전히 이해했다.

한 시간 뒤에 애가 발작하게 될지도 모르고 엄마란 사람이 게걸스레 설렁탕을 먹고 있었다고 해서 그녀를 비난할 수 있는 사람은 없었다. 금식하고 있는 자식을 두고 혼자 먹을 순 없다며 벌써 며칠째 아무것도 안 먹고 있다고 해서 그 엄마 모성애 참 대단하다며 찬사를 보낼 사람도 없었다. 중환자의 보호자가 갖춰 마땅할 굶주림이란 존재하지 않았다. 그걸 아는 데, 시간이 좀 걸렸다.

12월이 되자 병원 로비에 커다란 크리스마스트리가 설치되었다. 어느 영화 엔딩 장면에서나 나올 법한 화려한 트리가 누굴 위해 설치되었는지는 몰라도 오랜 병원

생활로 그 트리 앞에서 웃으며 사진을 찍고 있는 이들이 누군지는 알게 되었다.

어쩌면 일이 잘못될지도 모른다는 생각에 압도당한 상태이거나, 이런 일이 나에게(하필이면 우리 가족에게) 왜 일어난 건지 도저히 납득할 수 없다는 생각으로 그 로비를 통과하고 있는 이들은 트리에 눈길조차 주지 않았다. 내 몸에 아무 이상이 없다는 걸 확인하기 전까지 그 트리는 거추장스러운 조형물일 뿐이다.

괜찮다는(죽을 일은 아닙니다.) 의사의 소견을 아직 듣지 못해 불안한 상황에 놓인 이들에게 저 크리스마스트리와 호떡은 '틀린그림찾기'에서처럼 너무 쉬운 정답이다. 앞으로 건강에 신경 쓰라는 하늘의 계시로 알고 새로운 마음으로 다시 이 삶을 살아 볼 자격을 담당 의사로부터 부여받기 전까지는 저 빛나는 트리 따위 눈에 들어오지도 않을 것이다. 아이고 의사 선생님 감사합니다, 묻지도 않았는데 요란한 건강관리 포부를 늘어놓을 상황이 되고 나서야 크리스마스트리가 눈에 들어오기 시작할 것이다. 와, 저거 진짜 예쁘게 잘 만들어 놨네, 인자한 표정 지으며 그제야 그 트리의 존재를 인지할 것이다. 그 전엔 어림없지. 그들이 생각하는 '크리스마스트리를 구경하기에 적당한 곳' 목록에 병원은 없었을 것이다.

만일 내가 저 트리 앞에서 사진을 남기고 싶다고 생각하는 날이 온다면 내게 닥친 불행을 인정한다는 뜻이다. 그런 건 인생의 패배자들 몫이지 내 것일 리 없었다. 여기 진짜 너무 끔찍하니까 얼른 정상적인 곳으로 저 좀 다시 돌아가게 해 주세요, 네?

대학 병원이란 잔잔한 클래식 음악이 나오다가도 격렬한 경고음과 함께 병원 전체에 코드 블루(심정지 환자 발생) 안내 방송이 나오는 곳이었다. 그 신호의 의미를 알고 있는 자는 삶과 죽음의 경계가 이토록 희미할 수 있음에 자신이 처한 상황에서 잠시 벗어나는 해리 현상을 겪을 수도 있겠다. 이 병원 어딘가에 '숨이 멎어 있는' 누군가의 육신이 있다는 인식은 인생의 유한함과 허망함, 목숨의 가벼움을 실감하게 해 줄 것이다. 그래도 나는 이렇게 살아 있기라도 하지, 느닷없이 어딘가에 감사하는 마음이 될 수도 있겠다. 그러나 그 안내 방송이 끝나자마자 벌써 20분째 기다리고 있는 CT 촬영 대기 순서가 혹시 지나갔을까 번호표를 펴서 그 안의 숫자를 빠르게 확인한다. 조금 전 심정지 환자를 떠올렸던 일은 아예 없었다는 듯이 자신의 인생으로 완전히 복귀한다.

태어나고 고쳐지고 살아 내고 끝내 죽는 병원 안의 생

리란 기실 생의 질서와 다르지 않다. 그 모든 단계를 거치는 데 걸리는 시간이 사람마다 모두 다르다는 것을 우리는 알고 있다고 믿지만 진짜 알고 있는 게 맞을까?

나는 인생의 모든 권한을 내가 쥐고 있다는 유아적 전능감에서 벗어나지 못하고 있었다. 진작 사라졌어야 할 그 환상이 아직 내 발등 위에 엉덩이 걸치고 앉아 일어설 생각조차 하지 않는다. 나는 방금 진작 사라졌어야 할 환상, 이라고 했다. 없어졌어야 맞는, 없었으면 더 나았을 무엇이라 말한 것이다. 그런데 말이지, 그 환상들 진짜 다 사라져도 너 괜찮겠어? 모든 환상 다 사라지고 아무것도 없는 땅 위에 정말로 너 혼자 똑바로 서 있을 수 있겠어? 그걸 원하는 거 맞아?

어쩐지 나는 대답이 쉽게 나오지 않는다.

병원이라면 치를 떤다는 사람에게, 병실의 작은 침상 하나가 오래도록 자기 집이었던 이는 해 줄 말이 없다. 병원에서는 뭘 먹어도 체하겠다며 나중에 밥 먹겠다는 사람에게, 의식도 없이 누워 있는 자식 옆에서 든든히 한 끼 챙겨 먹고 있는 엄마는 해 줄 말이 없다. 퇴원만 기다리며 치료를 버티고 있는 이에게 아마도 이 병원 안에서 자신이 죽게 될 것을 알고 매일 아침 회진 도는 교수에게 단정하게 인사하고 있는 이는 별로 해 줄 말이 없을 것이다. 쟤는 지금 저게 목구멍으로 넘어갈까 속으로 놀라며 자신이 사 온 고르곤졸라 피자 한 조각 얼떨결에 손에 들고서 먹지도 내려놓지도 못하고 있는데 '그러지 말고 너 그거 여기 한번 찍어 먹어 봐라' 꿀까지 내밀어 본, 병원에 살고 있는 저기 저 사람은 기왕 피자 먹는 거 꿀에 찍어 먹으면 훨씬 맛있는데 그러지 않아야 할 이유가 우리에게 있느냐며 진정 의아해하고 있다.

그러니까 저기 저 사람은, 고르곤졸라 피자 한 조각 꿀에 찍어 먹기에 적당한 때란, 행복을 느끼기에 알맞은 순간이란, 사실 존재하지 않음을 알고 있는 것이다. 아주 커다란 것을 대가로 내놓고서 두 발로 땅 위에 홀로 서는 법, 그거 하나를 알게 된 걸지도 모른다.

나는 어느 쪽에 있던 사람이었을까?

수술 환자의
커피 레시피

3년 전에 수술을 했다.

아랫배에 손에 잡히는 딱딱한 혹이 있었는데 그것을 두고 암이 아니라고 확실히 말할 수 없겠다는 소견을 낸 서울의 모 대학 병원 의사 말에 나는 그래, 사람이 마음을 그렇게 오래 앓으면 암에 걸릴 수도 있겠지, 고개를 끄덕이게 되었다. 암일 경우를 대비해 더 큰 병원으로 가 조직 검사를 받았다. 스스로는 멈출 수 없었던 고통이 드디어 끝나는 건가, 조금은 개운한 기분마저 들었다.

수술 일정이 잡히자 나는 흥분했다. 유급 장기 휴가를 앞둔 사람처럼 들뜨기 시작한 것이다. 아이를 낳은 후로 이렇게 오랫동안 아이와 떨어져 있었던 때가 있었던가? 24시간을 넘긴 적조차 없었다. 입원 첫날 코로나 검사를 받고 오후 늦게 입원실을 배정받으니 어머나, 5인실 병실의 창가 자리다. 하루의 해가 지고 있는 그 시각, 내가 하도록 되어 있는 일이라고는 충분한 휴식뿐인 믿기지 않는 상황이다.

집이었다면 아이의 저녁을 준비하고 있을 시간이었다. 아이에게 밥을 먹일 때 내 두 다리는 아이를 위한 의자가 된다. 오른쪽 허벅지에 아이의 엉덩이를 올리고 왼쪽 다리로 등받이를 만든다. 내 왼팔 전체로 아이 어깨를 감싸 고개를 지탱시킨 뒤 오른팔을 바닥에 둔 밥그릇 쪽으로 뻗는다.

어떤 날의 아이는 그럭저럭 입을 벌리기도 하지만 컨디션이 조금만 떨어져도 아이는 입을 열지 않았다. 위루관이 있으니 거기로 한 끼 영양분을 채워 주면 그만이지만 언제나 문제는 좀 잘해 보려던 내 마음. 받아 주는 이없이 허공에 뜬 내 마음을 처리하는 게 언제나 문제였다. 결국 억지로 아이 입에 밥숟가락을 한 번 더 집어넣었고, 아이가 목에 걸려 뱉은 밥풀들이 내 왼쪽 뺨과 목, 옷에 골고루 분사되면 그제야 정신이 번뜩 들어 숟가락을 내려놓고 아이에게 미안하다고 말했다. 그러나 어떤 날엔 소리를 질렀다. 정말이지 끔찍하게 굴었다.

오후 5시 반쯤 넘어가자 병원 복도에서 누가 내 이름

을 부르며 빠르게 다가오는 소리가 들린다. 커튼이 활짝 열리더니 어머나, 너는 고등어? 제대로 차려진 밥상을 이토록 편하게 마주하고 있자니 얼떨떨하다. 누가 내 앞에 진수성찬을 차려 준대도 밥 먹는 동안 아이가 잘 있는지 살펴야 하니 세상의 모든 밥상이 성가시기만 했다. 먹는 거 그렇게 좋아하던 내가 한국인은 밥심으로 사는 거라 말하는 사람들을 향해 당신네 참 팔자도 좋다며 조롱하는 마음이 됐다.

밥을 먹는다. 고등어 뼈만 빼고 깨끗하게 싹 발라 먹는다. 병원 밥 맛없다는 말은 도대체 누가 한 거지? 맛있는 음식도 혼자 먹으면 맛이 없다는 말은 또 누가 했단 말인가?(그분들에게 제 자리에서 사흘만 살아 보시라 긴급 처방을 내립니다. 효과는 제가 확실히 보장하고요.)

저녁에 병원 지하로 내려갔다. 흡사 공항 면세점 같은 그곳엔 커피숍과 빵집, 옷 가게, 슈퍼가 줄줄이 늘어서 있다. 화려한 스카프와 고급스러운 목걸이를 팔고 있는 게 인상적이다. 이 커다란 병원이 누군가의 삶과 죽음의 배경임을 실감한다. 슈퍼에서 컵커피 하나를 사와 병실로 돌아왔다. 침대의 기울기를 조절하고 등 뒤에 베개를 받치니 이건 뭐 휴양지 선베드가 따로 없다. 이어폰을 귀에 꽂고 포레스텔라의 〈Angel〉을 무한 반복해 듣는다. 황홀하다. 혹시 내가 죽어 지금 '엔젤'이 된 건가.

병실 창밖으로 해가 진 깜깜한 밤을 하염없이 바라본다. 이 밤이 영원히, 절대 끝나지 않기를.

만일 오늘밤 아이가 발작을 일으킨다고 해도 구급차를 불러 응급실로 뛰어 들어가고 있는 건 내가 아니어도 될 것이다. 그러지 않아도 될 이유를 내 손에 쥐고 있다. 나는, 어쩌면 암일지도 모르는 수술 전날의 환자니까. 완전한 해방감이다.

배를 가르는 수술 후 알아낸 병명은 자궁내막증이었다. 자궁에 있어야 할 조직이 어쩌다 자궁 밖으로 날아가 몸집을 키운 건지에 대해서는 '그럴 수도 있습니다'라는 병원 측 비과학적 설명이 있었고 재발 위험에 대한 경고를 들었다. 나 같은 '몸'은 자궁내막암에 걸릴 위험이 보통 사람의 다섯 배가 높다고 했다. 어머, 그래요?

이렇게 배를 7센티미터 째고 누울 일 정도는 일어나야 아이에게서 벗어날 수 있구나. 내가 처한 상황을 제대로 파악했다. 그 상황 속의 나를 이해했다. 왜 그동안 아이에게서 벗어날 수 없다고 느꼈는지 이보다 더 명확한 근거는 없을 것 같았다. 나는 그런 사람이었다.

죽을병이 아닌 줄은 알고 받은 수술이었지만 수술은

수술이었다. 직립보행이 안 됐다. 앉아 있는 것조차 어지
럽고 구역감이 일어 허리를 똑바로 세울 수가 없었다. 화
장실에 가다 휘청대며 주저앉은 내게 간호사는 소변 줄
을 꽂아 오줌을 시원하게 빼내 주었다.

아프다. 너무 아프다. 그러나 이 아픔은 시간이 지나
면 가실 아픔. 그걸 알고 느끼는 통증이다. 끝이 있는 아
픔이란 얼마나 달콤한 생의 장치인가. 비록 당장은 아니
지만 결국엔 편안한 날이 올 거라는 확신 앞에 인간은 얼
마나 무던히 참고 견딜 수 있는 아름다운 존재가 될 수 있
던가. 얼마나 너그럽고 희망차질 수 있는가.

나는 여전히 괜찮은 세계와 괜찮지 않은 세계를 분별
한다. 지금 내 삶이 있는 곳과 앞으로의 내 삶이 머물 곳
모두가 괜찮지 않은 세계 안에 있었다. 괜찮지 않은 세계
속의 내가 괜찮은 세계를 선망과 원망의 눈으로 바라본
다. 그때 누가 내게 다가와 괜찮지 않은 세계와 괜찮은 세
계를 합칠 방법이 있다고 말한다. 그러나 나는 그 방법이
뭐냐고 묻지 않는다.

어느덧 퇴원 전날이다. 내일이면 집으로 돌아간다 생
각하니 마음이 급해졌다. 병원으로 출발하겠다는 엄마에
게 오지 마시라 전하고 마지막 하루를 온전히 나 혼자 보

내기로 한다. 그때 식판 위 흰 우유가 눈에 들어오고 갑자기 엄청난 아이디어가 떠올랐다. 나는 오른팔을 천천히 뻗어 침상 옆 서랍 손잡이에 손가락을 걸었다. 배 쪽에 통증이 일었지만 몇 번 심호흡을 하면 해결될 일이었다. 서랍에는 엄마가 가져다 놓은 믹스커피가 네 봉지나 남아 있었다.

환자복 상의 주머니에 커피 두 봉지를 넣고 다른 한쪽 주머니에 200ml 우유 한 갑을 집어넣는다. 우유를 넣은 쪽 주머니가 불룩하게 나와 모양이 우습지만 어차피 나는 허리를 곧게 펴고 걸을 수 없는 환자이니 그리 이상해 보일 것도 없겠다. 좋았어, 자연스러워.

정수기가 있는 휴게 공간까지의 거리는 25m쯤. 한 발짝에 25cm씩 100번만 움직이면 닿을 수 있는 곳에 믹스커피를 녹여 줄 뜨거운 물이 있었다. 문제는 간호사실이다. 내가 가로질러야 하는 복도 중간에는 둥글게 간호사실 테이블이 있었는데 거기에 간호사가 네 명이나 있었다. 그 앞을 태연하게 지나갈 수 있느냐가 관건이었다. 환자복 주머니에 커피믹스랑 흰 우유를 챙겨 걷고 있는 모습을 그들에게 들키고 싶지 않았다.

순간 나 자신에게 놀란다. 술을 마시겠다는 것도 아니고 겨우 믹스커피 한 잔인데? 배를 이렇게 쨀 와중에도 남들의 시선을 떠올리며 어떻게든 그걸 통제하려는 나 자신에게 혀를 내둘렀다. 대단하다 대단해! 그 눈치 봄의 경계 없음에, 그 개방성과 확장성에 스스로 놀란다. 그러나 시간이 별로 없으므로 일단은 이상한 나를 정수기 앞까지 끌고 가 보기로 한다. 어쩌겠는가. 인간은 누구나 조금은 이상한 구석을 가지고 있고 나도 이렇게 조금 이상할 뿐이다.

만일 커피 봉지가 바닥에 떨어진다면 허리를 굽혀 커피를 주울 수는 없겠다. 그땐 과감히 포기해야 한다. 나는 모르는 일이라는 듯 바닥에 떨어진 믹스커피는 모르는 체하고 즉시 병실로 돌아서는 거야, 알았지? 간호사실을 지나며 긴장한 나는 그들끼리 주고받는 대화를 상상한다. 아니 지금 저 환자 왜 저래? 왜 저렇게 수상한 느낌으로 걸어? 잡아, 잡아, 일단 잡고 소지품 뒤져! 아니 이게 여기서 왜 나와?

그러나 슬쩍 바라보니 그들은 바쁘다. 내 주머니에서 믹스커피가 한 30봉지쯤 우르르 떨어진다고 해도 쳐다볼까 말까겠다. 아무도 내게 관심 없었다. 그래, 실은 그런 거였다.

휴게실에 도착한 나는 정수기 옆에 비치된 일회용 종이컵을 두 개 뽑아 겹친다. 믹스커피 두 봉지를 주머니에서 꺼내 종이컵에 붓고 뜨거운 물을 조금 부어 자작자작, 커피를 녹인다. 그런데 가루가 잘 녹지 않는다. 그렇다면 지금이야말로 자랑스러운 우리 K-문화를 떠올릴 때다. 나는 커피 봉지를 세로로 접어 막대기를 만든다. 그래, 지금 이 순간만큼은 플라스틱이 고온에서 발생시킬 수 있는 유해 물질에 관한 모든 이야기를 잊는 거야. 커피를 젓는다. 에스프레소 투 샷이 완성된다.

이제 우유에 에스프레소를 넣는 일이 남았다. 우유갑을 열고 종이컵에 담긴 에스프레소를 붓는다. 우유와 커피는 병실로 돌아가는 동안 잘 섞일 것이다. 우유의 고소함과 커피의 달콤쌉쌀함이 만나 나를 위로해 줄 것이다. 나는 우유갑을 다시 환자복 주머니에 넣다가 잠깐, 동작을 멈춘다. 이건 환자 식단에 원래 포함되어 있는 거잖아? 이걸 내가 왜 숨겨서 왔지?

병실로 돌아가는 길엔 우유를 바깥에 드러냈다. 링거걸이의 움푹 파인 홈에 우유를 넣고 한 발에 25cm씩 100번 움직여 병실에 도착. 다시 선베드에 누워 이어폰을 귀에 꽂는다. 커피를 마신다. 아, 이거였군요. 이 맛을 보라고 여태 저를 살려 두셨군요?

그날의 일기에는 이렇게 적혀 있다.

'이토록 창조적인 작업에 능동적으로 움직일 수 있다

는 것은 심신의 건강함을 뜻하니 오직 그것에 감사하고
다른 것엔 일절 불평 말아라.'

　커피우유 한 잔 재미나게 만들어 마셨다고 해서 내 삶
에 봄이 온 건 아니었다. 이제 집으로 돌아가면 나의 고단
하고 애처로운 하루가 다시 시작될 것이다. 그러나 한 번
씩 호박마차 빌려 타고 무도회에 놀러 가 신나게 춤을 춰
볼 수는 있겠지.

　무엇이 마법이고 무엇이 현실인지 중요한 게 아닐지
도 몰랐다. 밴드 '브로콜리 너마저'는 〈유자차〉라는 곡에
서 '이 차를 다 마시고 봄날로 가자' 노래했지만 봄은, 사
실 존재하지 않는지도 몰랐다. 봄이 있다고, 여기가 아닌
어딘가가 있다고 믿고 싶었을 뿐인지도 몰랐다.

　퇴원해 집으로 들어서자 거실에 누워 있는 아이가 보
인다. 손만 씻고 소파에 등을 기대앉고서 아이를 내게 안
겨 달라고 남편에게 부탁했다. 무슨 상황인지 파악하며
몸에 힘 잔뜩 준 아이의 체중이 내 몸에 그대로 실린다. 일
주일 동안 느껴 볼 일 없었던 무게, 삶의 무게다. 병원에서
쉬고 있던 근육들이 가동을 시작한다. 아이가 다리를 뻗
치고 고개를 젖히는 리듬에 맞춰 근육들이 오랜만에 몸을
푼다. 내 삶의 무게를 그들이 함께 버텨 내고 있다.

입원 기간 아이를 봐준 시어머니가 대구로 돌아갈 채비를 서두르신다. 좀 전까지 가스 불을 쓰신 모양인지 부엌에서 열기가 느껴지고 식탁 위에는 내가 좋아하는 부추전이 스무 장쯤 쌓여 있다. 외투를 챙기며 그냥 누워 쉬어라, 그렇게 애 안고 있지 말아라, 그러다 배 찢어진다고 하시는데 그때 내가 웃었던가, 웃고 있는 아이를 보고 있었던가.

캔커피에 녹여 삼킨
그 시절의 불안

'장애아의 엄마'라고 적힌 커다란 이름표를 가슴에 달아야 했을 때 나는 무너졌다. 잘 달리고 있던 트랙 위에 웬 불청객 하나가 나타나 위협적으로 나를 막아 섰다. 그 불청객에게 결코 이길 수 없을 것임을 싸우기도 전에 알았다. 그는 내게 다가와 이 트랙에서 지금 당장 퇴장해 달라고 정중히 말했고 지금은 점잖게 말하지만 다음은 소리칠 거라고 조용히 경고했다.

당황했다. 갖고 있는 줄 모르고 지니고 있던 '내가 엄마가 된다면 마땅히 그러해야 할 목록'에 장애아의 엄마가 되는 것은 없었기 때문이다. 자기 일 열심히 하고, 거기에서 보람을 느끼고, 성과도 보이는 동시에(이하 '자일열보성'으로 반복) 집으로 돌아와 아이도 그럭저럭 키워 내는 엄마로 사는 삶은 목록에 있었다. 자일열보성 아이의 이야기에 귀 기울이는 엄마, 자일열보성 아이에게 공부나 예의범절을 강요하지 않고 주체적인 삶을 펼칠 수 있도록 도와주는 엄마라든지, 밤이면 피곤을 무릅쓰고 아이에게 책을 읽어 주고 주말이면 아이와 도서관에 다니는 엄마의 모습은 거기에 있었다. 공부보다는 친구들과 뛰어노는 것이 훨씬 중요하다고 여기면서도 (기대하지 않았던) 자녀의 뛰어난 학업 성취에 주변 엄마들의 부러움을 사며 그 비결을 캐려는 이들의 비밀스러운 부탁 조 연락을 피곤해하는 엄마로서의 삶은 목록 중에서도 상위에 있었을 것이다. 때가 되면 아이의 독립을 응원하고 지지해 주며 자기 자신이 주인인 삶 속으로 아이를 힘껏 밀어 줄 수 있는 엄마가 되기를. 그런 너무 멋진 내가 저 위에서 군림하고 있었다. 그것이 나의 세계여야 했다. 그럴 거라 믿었다.

아이의 재활 치료를 위해 대학 병원을 오가는 엄마로서의 모습은 목록에 없었다. 잊을 만하면 찾아오는 병원 진료일에 맞춰 아이 짐을 챙기고 아이 컨디션을 세심히 살피는 내 모습은, 아이에 관한 의사의 설명과 지시를 참담한 표정으로 듣고 있으면서도 입도 뻥긋 못 하는 내 모습 같은 건 거기 없었다. 없어야 했다. 원하지 않았다.

환상의 마지노선이 그렇게 무너졌다. 나는 현실과 환상 사이에 낀 채 어디로도 향하지 못하고 있다. 그런데 아까부터 얘기하고 있는 그 목록이라는 것 말이다. 열심히 앞만 보고 달리고 있었을 뿐이라는 그 트랙이라는 것 말이다. 나는 그걸 언제부터 갖고 있었던 거지?

🍵

내가 중·고등학교를 다닐 때 울산은 고등학교 비평준화 지역이었다. 인문계 고등학교에 진학하려면 고입선발고사를 치러야 했는데 그게 선지원 후시험 제도로 운영됐다. 학생 정원보다 지원자 수가 많은 경우 성적순으로 자르는 식이었고, 불합격하면 고입 재수를 하거나 정원 미달 학교에 들어가야 했다. 지원자 수보다 모집 정원이 더 많은 몇몇 실업계 고등학교들이 대학 진학률을 높이기 위해 '인문계 고등학교 불합격자를 위한 특별반'을 운영한다는 소문이 돌았다.

누군가의 실패와 좌절 스토리는 반 전체에 빠르게 퍼졌다. 마음속 불안과 공포가 간접적이고 적극적인 방식으로 그렇게 공유됐다. 누군가의 아빠 회사 동료의 딸이나 예전에 옆집 살았다던 이웃 오빠가 고입 시험에 떨어졌다는 이야기를 우리 반 모두가 알았다. 그게 내 일이 될 수도 있다는 공포가 자신을 완전히 잡아먹기 전에 재빨리 누군가에게 그 공포를 토스하는 식으로 이야기가 퍼졌던 걸지도 모르겠다.

용돈의 필요성에 좀처럼 동의하지 않던 엄마도 하루 중 내가 집을 떠나 있는 시간이 길어지자 '비상금'이라는 다소 모호한 명목의 돈을 좀 챙겨 주기 시작했다. 지금으로서는 믿기지 않는 상황 설명이지만 당시에는 집에 연락하려면 선생님한테 부탁해서 학교나 학원의 유선전화로 집에 전화를 걸어야 했다. 그게 아니면 공중전화를 사용해 전화를 해야 했기에 일단 비상금의 필요 목록은 채울 수 있었다. 그렇게 얻은 돈을 나는 떡볶이를 사 먹는 데 자주 지출했지만 가장 많은 소비 내역을 차지하는 건 따로 있었다.

나는 매점 자판기에서 캔커피를 뽑아 마셨다. 거의 매일 마셨다. 그때 그 비상금의 의미가 '갑작스러운 졸음을 해결하여 맑은 정신과 집중력과 판단력을 유지하는 데 지장이 없도록, 그래서 고입 시험에 떨어져 저기 저 멀리 어느 학교의 특별반에 가는 일 없도록 하는 데 필요한 돈'이라면 맞게 쓴 거기도 했다.

오후 4시, 중3 자율학습이 시작되는 종이 학교 전체에 울린다. 당시 학교 복도는 마루로 되어 있었는데 층마다 예외 없이 어느 부분에선가는 꼭 나무 하나가 갈라져 있어 그 위를 지나갈 때마다 섬뜩한 소리가 났다. 감독 선생님의 묵직한 발걸음이 가까워지면 그제야 마지막까지 들리던 누군가의 음성이 잦아들었다. 몇몇 아이들은 자리를 바꿔 앉았고 몇몇은 방금까지 떠들던 수다를 이어 가기 위해 그들 사이에 연습장을 두고 펜을 쥐었다.

나를 비롯한 대부분 아이는 문제집이든 교과서든 뭔가를 꺼내 책상 위에 펼쳤다. 그것은 일종의 안전장치 같은 거였고 말하자면 부적이었다. 이렇게만 해도 일단은, 괜찮은 거였다. 짝꿍의 책상 걸이와 내 책상 걸이에 검은 비닐봉지 손잡이를 하나씩 나눠 걸고 그 안에 과자나 생라면을 넣고 최대한 소리 내지 않으려 애쓰며 먹느라 어깨들을 들썩였다. 앞 친구 등을 콕콕 찔러 과자를 나눠 주던 그 소곤거림. 곧 흥미로운 이야기를 꺼낼 얼굴을 하고서 친구들을 모으는 아이가 있고 종소리가 그치기도 전에 체육복으로 머리를 싹 덮고 엎드려 잘 준비를 하는 아이가 있었다. 세상의 규율과 시선을 피해 우리는 그렇게 잠시 쉬는 법을 익혀 갔다.

자율학습을 맞는 나의 의식은 매점에서 산 캔커피를

책상 왼쪽 상단 모서리에 올려놓는 거였다. 아직 문제 하나를 다 읽지도 않았는데 벌써 캔커피를 몇 번이나 힐끗 쳐다본 상태. 내 속의 나와 은밀한 대화가 시작된다. 저거 언제 딸 거야?

잘 안되면 어쩌지. 이렇게 하루 종일 책상에 앉아 공부를 해도 시험 당일에 시험을 망칠 수도 있는 거잖아. 그러면 지금 공부하고 있는 이 시간들은 어디로 가는 거지? 벌써 다 마시고 비어 버린 알루미늄 캔이 때마침 내 자리로 불어온 선풍기 바람에 살짝 흔들린 것도 같다.

자율학습을 마치면 저녁 6시였는데 학원에는 8시까지 도착해야 했다. 버스를 타고 집으로 가 밥까지 먹으려면 방에 잠깐 누울 시간도 없었지만 그때가 공식적으로 허가받고 쉴 수 있는 유일한 시간이었기에 그 시간은 어떻게 흘러가든 다 좋았다. 학원 버스가 우리 집 바로 앞까지 왔지만 나는 학원까지 걸어 다녔다. 저녁 7시 반. 어느 계절엔 낮처럼 밝고 어느 날엔 밤처럼 어둑하다는 게 재미있었다.

휴대용 카세트에 좋아하는 가수의 테이프를 넣고 음악을 들으며 걷는다. 방금 들은 곡을 또 듣고 싶을 땐 빠르게 뒤로 가기 버튼을 누른다. 아, 이쯤이면? 온몸으로 느낀 시간의 흐름과 오직 손끝의 감각만으로 탁, stop 버튼을 절도 있게 누른다. 와, 이걸 맞추다니! 대부분은 원하는 지점에서 다시 음악이 흘러나온다.

밤 12시가 되면 학원에서 빠져나온 학생들이 행선지에 따라 분류된 학원 차에 올라탔다. 나는 어찌 된 일인지 그 버스의 의자 냄새 같은 것을 아직 기억한다. 양지보다는 음지에 가깝던 버스 내부의 냄새와 버스 기사 아저씨의 일관되게 무표정하던 얼굴 같은 것들이.

마침내 봉인 해제된 아이들의 입에서 터져 나오던 수다 더미와 몸짓에서 나는 시간과 공기의 분절을 느꼈다. 들뜬 음성으로 끊임없이 조잘대며 마음을 조각내고 그걸 다시 삼키던 우리들의 밤을 분명히 기억한다.

경험해 본 적 없는 세상의 어떤 가치들은 직접 겪어 보기도 전에 이미 내 안에 들어와 있었다. 사람들은 그 앞에 우리나라 고유의, 라든지 우리 집안 내력, 이라든지 요즘은, 이라는 말들을 붙였다. 인생에서 가장 중요한 것들은 이미 다 정해져 있다며 당연하게 권하거나 강요하고 있는 것들에는 그러나 '나와 다른 생각을 가진 이는 죽어도 된다'는 실체 없는 섬뜩한 믿음도 있다.

나 역시 많은 것을 내 안에 심었다. 어떻게 내게 들어

온 건지 또렷이 설명해 낼 수 없는 그것들은 적당한 햇빛과 물만으로도 자랐다. 어떤 것들은 제때 뽑지 못해 너무 무성하게만 자랐고, 어떤 것들은 뽑지 않았어야 했는데 뽑아 버렸다. 그런데 잠깐, 어디서부터 어디까지가 '나' 본연의 모습이며 어디서부터 어디까지가 '내가 아니었을 수도 있는 나'였을까? 어떻게 해도 결국 나였을 모습은 무엇이고, 어쩌면 내가 아니었을 수도 있었던 모습은 뭐였을까. 그걸 구분할 수 있을까?

믹스커피계의
고수

　살면서 비디오로 녹화까지 해 가며 본 드라마가 딱 하나 있다. 내가 스물세 살이던 2005년 MBC에서 방영했던 드라마 〈내 이름은 김삼순〉. 소꿉친구 은지가 서울에 일이 있어 올라온다고 했다. 우리 집에서 자기로 하고 저녁에는 공연을 같이 보기로 했는데 하필 그날이 〈내 이름은 김삼순〉 본방 날이었다. 집에 돌아오면 자정이 넘을 터여서 오빠에게 비디오 녹화를 부탁했다.

　다음 날 느지막이 일어났을 때 엄마는 식탁에 아침을 차려 놓고 외출하신 뒤였고, 아빠는 출근, 오빠도 학교에 가고 없었다. 은지와 나는 드라마 시청에 앞서 각자의 취향대로 커피를 타기로 하고 싱크대 앞에 함께 섰다. 다섯 살 때 소꿉놀이하던 친구와 대학생이 되어 같이 믹스커피 타면서 드라마 보기 직전의 순간이라니, 짜릿함에 몸이 다 떨렸다.

물이 끓었음을 알리는 주전자 소리가 들린다. 내가 먼저 물을 따르고 있는데 옆에서 들려오는 혀 차는 소리.

"쯧. 너 아직 멀었구나?"

은지는 측은한 눈빛으로 나를 보더니 주전자를 건네받아 물을 따른다. 아니, 따르다 만다. 그렇다, 그것은 분명 따르다가 만 수준이었다.

"진정한 고수는 물을 조금만 넣는단다."

누가 고수인지는 맛을 보고 얘기하자 할 참이었다. 그런데 마침 부엌 창에서 바람이 불어왔고 아뿔싸, 나는 대학교 도서관 자판기에서 커피를 꺼낼 때 맡았던 냄새, 그 냄새를 맡고야 만다. 볼 것도 없었다. 나의 참패다.

문제는 그걸 인정하는 시점. 나도 앞으로는 커피 탈 때 물을 조금만 부어야겠다고 생각하지 않으려고 기를 써 보기로 한다. 이젠 자존심 문제였다. 믹스커피를 마셔 온 내 15년 자존심이 걸려 있었다.

분명히 느낀 감정이나 감각, 확실히 인식한 어떤 생각의 변화를 받아들이지 않으려는 힘은 어디서 만들어지는 걸까? 그러니까 조금 전 상대가 비친 의견이나 태도가 내 것보다 더 옳다는 판단을 하지 않으려고 애쓰는 것 말이다. 우리가 자존심이라고 부르는 그 믿을 수 없는 마음 말이다. 겨우 믹스커피 한 잔을 타는 데도 내 커피가 더 맛있길 바라고, 주장하고, 인정받고 싶었던 나는 도대체 얼마나 많은 것을 무작정 거부하고 돌려보내며 살아왔을까?

　그때 은지가 정면 승부를 제안해 온다. 일단 마셔 보란다. 한 모금 맛보고 얘기하란다. 그렇지. 자신 있는 자들은 꼭 저러더라. 말보다는 행동, 주장보다는 증명을 선호하지. 확신하는 마음이란, 거리낌 없는 태도란, 눈빛과 기운만으로도 상대를 제압하는 법이다.

　"야, 이건 너무 쓴데?"

　내 안에서 '은지의 커피가 더 맛있다고 너 왜 바로 말 못 했어?' 묻는 목소리를 분명히 들었지만 못 들은 척, 우겨 보기로 한다.
　이렇게 쓴 커피는 생전 처음 마셔 본다며 커피를 억지

로 삼키는 투혼의 연기로 자존심을 지키기로 한다. 고백하건대, 은지의 커피는 정말 맛있었다. 자판기 커피보다 더 맛있었다.

자신 안의 오래된 믿음 하나를 철회하기란 얼마나 어려운 일인가.

저기…… 죄송한데 태양이 지구를 도는 것이 아닌 것 같습니다요. 아무래도 지구가 태양을 도는 것 같습니다요.

뭐야? 저자의 목을 당장 쳐라!

TV 앞에 앉아 비디오 플레이어를 작동시켰다. 삼순이(김선아 분)가 한라산 꼭대기에 도착해 '한라산 등반'이 자신에게 어떤 의미인지 외치는 장면이 나온다. 한라산 정상에 오른 삼순이가 이렇게 소리친다. "이제 나는 김삼순이 아니라, 김희진이다!"

개명을 하겠다는 천명은 단순히 이름을 바꾸고 싶다는 뜻이 아니었다. 삼순이로 살며 아프고 힘들었던 일은 다 잊고 새 이름으로 새롭게 살아갈 삶을 향해 던지는 희망의 선포였다. 그러기 위해 삼순이는 1,950m나 되는 한라산에 올라야만 했을 것이다.

하지만 우리가 어떤 마음을 먹는 데 꼭 높은 산 정상까지 올라야 하는 건 아니다. 1박 2일 템플스테이쯤 다녀

와야만 하는 것도, 휴대전화 번호를 바꿔야 하는 것도, 몸 어딘가에 문신을 새기거나 체지방률 17%로 보디 프로필을 찍어야 하는 것도 아니다. 이미 완전히 돌아선 마음에는 사실 결심의 표식 같은 건, 그럴듯한 의식 같은 건 필요 없다. 마음의 변화를 인식하게 되는 결정적인 계기는 있을 수 있지만, 그것이 꼭 대단한 배신이나 충격적인 사건일 필요도 없다.

삶에서 커다란 결정을 내려 본 이들은 알 것이다. 무서우리만치 차분해지는 내면의 고요를 기억할 것이다. 힘겹게 한라산 정상에 올라 자신만의 요란한 의식을 치렀던 삼순이는 결국 희진이가 되지 못했다.

삼순이는 희진이가 되어 어디로 가고 싶었던 걸까.

내게는 생애 주기별 과제 달성 정도를 기록하는 종이 같은 것이 있었다. 새하얗고 기다란 종이를 성실하고 바람직하게 채워 나가면 반드시 좋은 날이 올 거야, 칭찬 스티커로 이 포도 한 송이를 다 채우면 너에게 선물을 줄게. 그러나 나는 스스로 행복한 삶과 남 보기에 행복할 거라 추측되는 삶을 구분하지 못한다. 내 삶의 장면은 오직 바람직한지 아닌지로, 그 장면 속의 나는 칭찬 스티커를 받을 수 있는 나인지 아닌지로만 나뉘고, 그렇게 나는 '괜찮은 세계'와 '괜찮지 않은 세계' 모두를 촘촘히 직조해 나갔을 것이다. 그리고 그 분주한 우열의 가름 속에서 언젠가의 고유한 내가 조금씩 누군가를 닮아 갔다.

나도 희진이가 될 수 없다면, 괜찮지 않은 이 세계를 영영 벗어날 수 없을 것 같았다.

나도 희진이가 되어야만, 괜찮은 세계에 진입할 수 있을 것 같았다.

그게 아니라고 가르쳐 준 건 놀랍게도 믹스커피였다. 커피 포장 용기에는 '이 커피가 맛있을 확률이 가장 높은' 물의 양이 적혀 있었는데 그 옆에 이런 말이 적혀 있었다.

'각자 기호에 맞게 조절하세요.'

우리 제품은 물 80cc를 부었을 때가 가장 맛있다고 생각하지만 당신의 입맛은 다를 수 있다는 것을, 모두에게 가장 적당한 물의 양이란 존재하지 않음을 그 커피를 만들어 낸 사람들조차 인정한 것이다. 어떤 사람은 더 진하게, 어떤 사람은 더 연하게 커피를 탄다고. 우리는 모두

'각자의 기호에 맞게' 물을 조절해 커피를 마실 수 있다고.

요즘 나는 믹스커피에 계피 조각 하나를 넣어 마신다. 그런데 이게 예사롭지가 않다. 누가 이 레시피를 알게 됐다가는 곧 시중에 상품으로 출시될 것이 분명해서 일단 특허권 등록이라도 해 놓아야 할 것만 같다. 끓는 물에 믹스커피 한 봉지와 계피 조각 하나를 넣었더니 풍미는 살고 맛은 날카로워졌다. 그래서 감초도 넣어 보았다. 그랬더니 글쎄 믹스커피의 단맛이 한층 살아나며 맛이 고급스러워지는 것 아닌가? 내일은 당귀를 추가해 볼 생각이다. 맛이 꽤 그럴듯하다면, 그야말로 '한방 믹스커피의 탄생' 되시겠다.

내가 직접 물을 조절해 타 마신 커피라고 해서 다 맛있는 건 아니었다. 이유는, 마셔 봐야만 알 수 있었기 때문이다. 고민하다가 조금 더 부어 버린 물로 맛이 없어졌대도 그걸 마셔 봐야, 다음에 마실 커피의 물양을 맞출 수 있다. 그리고 사실, 그거면 되지 않을까? 조금 아쉽든, 모처럼 간이 딱 맞든. 다디단 커피 한 잔 마시며 하루를 시작할 수만 있어도, 그걸로 됐다.

괜찮은 세계와 괜찮지 않은 세계를 구분하려는 내 마

음을 당장 어떻게 할 수는 없을 것이다. 그 둘의 자리를 바꾸게 하는 방법도, 그 둘의 경계를 없애고 하나로 합치는 방법도 나는 모른다. 두 세계가 다르다고 믿는 마음이 언젠가는 모두 사라져야 한다고 여기면서도, 때로는 어딘가에 잠시 내가 머물 수 있는 괜찮은 세계가 있다고 믿어야만 어떤 하루를 살아 낼 수 있었다. 나는 인간이기에. 그렇게라도 포기하지 않고 끌고 가야 하는 목숨이기에. 오늘도 커피 한잔으로 하루를 시작한다.

사람들 말처럼 삶의 변곡점이 '나답게 살 수 있게 되는 때'에 찾아오는 거라면, 내 입맛에 맞는 믹스커피 한잔을 타 보자는 마음만으로도 충분할 것이다. 그건 성공률 100%의 연구가 될 것이다.

자기 자신에 관해서라면, 우리 모두가 이미 따라올 자 없는 고수이기 때문이다.

Turn,
baby turn

수영장에서 코로나로 중단됐던 수영 강습이 재개된 다는 안내 문자가 왔다. 나는 등록하지 않았다.

무서웠다. 나 때문에(수영장을 다닌다고 해서 코로나에 걸리는 건 아니겠지만 접촉 인원수가 많을수록 감염 확률이 올라갈 것이긴 했으므로.) 아이가 코로나에 걸린 상황을 상상하면 뭐든 자제하게 됐다. 호흡기 질환이 있는 아이가 기침하며 밤새 열 오르고 있는 장면을 떠올리다 보면 '에이, 무슨 부귀영화를 누리겠다고' 하는 마음이 되어 버리곤 했다.

그렇게 아이만 쳐다보고 있는 내게 지인 몇이 우려를 표했다. 그러다간 너 곧 미쳐 버릴 거야.(아직은 아니라는 뜻?)

갑자기 호흡이 가빠지며 숨이 막히는 듯한 공포가 느껴지기 시작했을 때, 그러니까 이러다 정말 미쳐 버리겠다 싶었을 때야 허겁지겁 수영을 등록했다. 수강 신청에 성공하자마자 스마트 워치에 대해 알아봐야 한다는 생각이 퍼뜩 들었다.

"그거 진짜 물속에서도 전화 울리니?"

서현은 자신이 수영장에서 확인한 스마트 워치의 기능을 모두 설명해 준 뒤 내게 묻는다.

"근데 갑자기 웬 애플 워치?"

같은 휴대폰을 5년 넘게 쓰고 있는 휴대폰 라이트 유저인 내가 스마트 워치를 사겠다는 말에 그게 왜 필요한지부터 궁금했던 모양. 전화하면 잘 받지도 않는 사람이 무슨 스마트 워치?

"이 언니 3년 만에 다시 수영한다! 근데 수영장에 있을 때 명준이한테 일 생기면 바로 튀어나와야 하니까 시계 하나 필요하게 됐어."

아이와 함께 있을 때 나는 휴대폰을 아무 데나 둔다. 아이가 언제 잠들지 모르는 데다가 깨어 있을 때도 갑자기 울리는 알람 소리에 놀라 온몸이 경직될 수 있으니 전화는 항상 무음. 왜 전화를 이렇게 안 받느냐며 부모님이 집으로 오신 적도 있었다. 그들의 상상 속에서 나는 화장실에서 쓰러져 기절해 있고 명준이가 거실에서 혼자 발을 버둥거리며 누워 있었다.(왜 하필 내가 화장실에 쓰러져 있었느냐 물었으나 대답은 듣지 못함.)

반면 아이를 누군가에게 맡기고 혼자 외출할 땐 손에서 휴대폰을 놓지 않는다. 광고 문자 하나 떠 있지 않은 말끔한 잠금 화면을 보면 불안해 일단 멈춰 선다. 갑작스러운 통신 장애로 내게 미처 도착하지 못한 긴급한 연락이 있을 것만 같은 망상에 순식간에 사로잡혀 휴대폰 데이터를 껐다가 다시 켜는 동작을 몇 번이고 반복한다. 혹시 내가 놓쳤을지 모를 비극을 버선발로 뒤쫓아 갈 준비를 하는 것이다. 갑자기 미친 듯 뛰기 시작하는 내 심장박동의 변화는 알아차리지 못한다.

지금 생각하면 명백한 불안 장애였다. 당시의 나를 누군가 목격했다면 누구라도 고개를 끄덕였을 문제 행동이었다. 그러나 그렇게 초조하게 휴대폰 붙들고 서 있던 강박만이 나를 안심시켰다. 부재중 전화나 미처 확인 못 한 메시지가 없다는 것을 재차 확인하고서야 두근거림이 멈췄다. 나는 친구를 만나 밥을 먹다가도, 아차산의 꽤 가파른 바위를 오르다가도 휴대폰 데이터를 껐다가 다시 켜기를 반복하며 나를 진정시켰다.

만일 내가 자전거를 45분쯤 타고 이미 하남시까지 넘어간 상황에서 아이가 발작을 시작했다는 연락을 받는다면? 내게 주어진 선택지는 두 개일 것이다.

선택지 1번: 자전거 방향을 즉시 돌려 전속력으로 왔던 길을 도로 달린다.(그런데 아이는 이미 구급차를 타고 병원으로 출발했을 텐데? 넌 어디까지 자전거를 타고 갈 생각이지?)

선택지 2번: 전화 받은 위치에서 가장 가까운 나들목을 통해 일단 자전거도로를 빠져나가 택시를 잡거나 경찰에 전화해 애 살리러 가야 한다며 울고불고 해서 어찌어찌 최대한 빨리 병원으로 간다.(그러나 아이는 이미 병원에 도착해 혈관 잡고 진정제를 맞은 뒤 잠들었을 것이다. 그때 넌 잠든 아이 곁에서 뭘 할 수 있지?)

만일 일이 벌어진다면 내가 할 수 있는 일이란 회사에 있는 남편에게 연락하는 것 정도가 전부일 것이다. 병원

집수를 위한 아이 주민등록번호를 또박또박 전화로 전달하는 것 정도가, 내가 할 수 있는 일일 것이다.

내가 아이 곁에 쭉 있었다 해도 다를 건 없었다. 아이 옆에서 내가 할 수 있는 일이 믿을 수 없을 정도로 아무것도 없다는 사실은 전혀 달라지지 않을 것이다. 아이는 수면 부족처럼 '그럴 만한 상황'에서만 발작하는 게 아니었다. 아이는 방긋방긋 웃다가도 갑자기 숨을 쉬지 않았고, 컨디션이 괜찮아 보여 밖으로 데리고 나온 산책길에서도 그럴 수 있었다. 몸을 덜덜 떨며 눈이 돌아가고 있는 아이를 안고서, 내 온 힘을 다해 꼭 껴안아 보지만 이미 시작된 아이의 떨림은 조금도 잦아들지 않았다.

그토록 머나먼 곳에 내 아이가 있었다. 어떻게 해도 내 손이 닿을 수 없는 거리에서 아이가 숨 쉬고 누워 있었다. 아이와 내가 어딘가 이어져 있다고 믿는 건 완전한 착각이었다.

그 잔인한 장면이 눈앞에 펼쳐질 때마다 나는 수없이 후회했다. 때론 내가 다르게 생각하고 행동했더라면 달랐을 거라는 자책, 때론 네가 다르게 행동했더라면 달랐을 거라는 원망이 주거니 받거니 쉬지도 않고 핑퐁.

나에게는 '중증 장애아의 엄마라면 그 정도 마음고생은 하고 살아야 맞지'라는 모범 답안지라도 있었던 것일까? 한강 변 자전거도로를 따라 도착한 팔당대교 근처에서 날아가는 철새 무리를 바라보며 너무 벅차오르지 않도록 마음을 단속했다. 그 경이로움에 온전히 취하지는 못하도록. 넋을 잃고 황홀해하는 동안 아이를 완전히 잊을 수는 없도록 철저히 나를 감시했다. 덜 기뻐하는 법을, 조금은 송구스러운 듯 어깨를 완전히 펴지 않는 법을 누가 가르쳐 주지 않아도 알아서 깨우쳤다.

아이의 뇌가 번개에 맞을 모든 가능성을 내가 다 파악할 수 없다는 사실에, 그것에 전혀 대비할 수 없다는 사실에 절망했다. 24시간 중 23시간 59분 동안 아이만 쳐다보고 있었더라도 딴 데 보고 있었던 1분 동안 일은 벌어지려면 벌어지는 거였다. 삶의 어느 한 요소도 예측할 수 없다는 현실이 숨 막히고 기막혔다.

내가 아이를 완벽하게 돌볼 수 없는 엄마라는 사실을 도저히 받아들일 수 없어서 울었다. 돌봄이란 아이를 완벽하게 지키는 일이라고 믿었던 나는, 아이를 지킬 방법이 없는 스스로에게 엄마 자격을 주지 않았다.

이제 꿈을 포기해야 할 때가 다가오고 있었다. 아이의 상황을 완벽하게 통제하면 아이 머리에 내리꽂히는 번개쯤은 내가 다 막아 낼 수 있을 거라는 꿈을. 그러면 나도 저 아이를 한 번쯤은 구해 준 엄마가 될 수 있을 거라는 그 꿈을.

내 얘기를 들은 서현은 언니한테는 스마트 워치가 꼭 필요하겠네, 라고 말하지 않았다.

"그럼 더더욱 스마트 워치 같은 건 안 사야 하는 거 아닐까?"

그렇게까지 아이에게 온 신경을 쓰고 있는 삶이라면, 수영할 때만큼은 거기서 빠져나와야 하는 거 아니냐고, 그렇게 수영 좋아하는 사람이 3년이나 참았다 다시 하는 거면서 수영장에서 턴할 때마다 연락 온 거 있나 없나 손목시계 확인할 거냐는 그녀의 반문이, 어쩐지 받아 본 적 없는 위로로 들린다.

●

3년 만의 수영 강습 첫날. 강사는 플립 턴flip turn을 배워 보자고 했다.
수영을 멈추지 않고 한다는 건 계속 턴을 한다는 뜻이다. 내가 다니는 수영장의 레인 길이는 50미터인데 50미터에서 멈춰 설 게 아니라면 몸을 돌려 턴을 해서 되돌아가야 한다. 그래야 수영을 이어 갈 수 있다.

플립 턴을 소개하는 강사의 설명은 간단했다. 수영장 바닥에 그려진 T자를 지나 벽 가까이 오면 물 위에서 엎드린 채 차렷하고 고개 숙여 앞구르기 하세요. 상체를 돌렸으면 이제 팔을 머리 위로 뻗고 두 발로 빵, 벽 차고 나가시면 됩니다. 시범 보여 드릴게요. 물안경 쓰시고 물속에서 동작 보세요.

내 수모에는 이렇게 적혀 있다.

Turn, Baby turn.

그래, 계속해 보지 뭐.

아이의 장애가 내 탓은 아니라고 모두가 말했다. 아이를 너무 일찍 낳은 것도, 저 아이가 갑자기 누워 있게 된 것도 그건 아이의 운명이지, 내 탓은 아니라고 했다. 그게 나 때문이었다고 생각하는 순간 내가 사흘 안에 콱 죽어버리기라도 할 것처럼 다들 내 눈동자를 걱정스레 살폈다.

아이를 낳았을 때 내 안에 들어온 누군가가 아직 나와 함께 산다. 내 안에서 밥도 먹고 잠도 잔다. 어떨 땐 입을 꾹 다문 채 침묵하고, 어떨 땐 사납게 소리친다. 이따금 내게 농담을 건네며 웃기도 한다. 이건 부당한 일이야, 내 속을 휘젓기도, 내 삶을 근거로 상대에게 겁을 주라고 부추기기도 한다.

아이를 낳고는 지속적으로 우울했기에 전문 상담사나 정신과 의사를 만나 봐야 하는 거 아닐까 생각하다가도 개들이 뭘 알겠어 했고, 우울증 아니냐는 지인들의 걱정 어린 말에도 반감이 들었다. 이런 상황에서 이 정도도 우울해하지 않는다면 그거야말로 제정신 아닌 거라며 그냥 가만히 날 내버려두라 했다.

그것마저 뺏길 수는 없었다. 그래도 내 마음대로 우울할 수 있어서, 삶의 의욕이라고는 눈곱만큼도 없는 이의 표정이라도 짓고 살 수 있어서, 이 정도의 통제권이나마 아직 쥐고 있어 다행이었다. 내 우울감의 크기와 질감만은 스스로 선택하고 매만질 수 있었기에, 그것들을 그날그날 원하는 크기와 모양으로 자르고 붙이고 좋아하는 굽기대로 구울 수 있었기에 나는 여태 살아 있는 것이다.

며칠 전 친구 하나가 꽃을 들고 집에 찾아왔다. 생일을 맞은 내게 꽃과 조각케이크 하나 건네며 친구는 다시 정신과 상담을 권한다. 친구가 펼치고 있는 주장은 이번

역시 논리적이다. 현대 의학으로 내 불안 증세에 대처할 수 있는 방법이 분명 있을 텐데 왜 그걸 활용할 생각을 하지 못하느냐가 친구 말의 요지였다. 몸과 마음이 아이에게 모두 매여 있는 현실은 어쩔 수 없더라도 마음이 덜 힘들 수 있는 방법이 있을 수도 있는데 그걸 알아보지도, 해보지도 않는 모습이 친구가 가장 속 터져 하는 부분인 것 같았다. 나는 친구가 사 온 케이크 상자를 물끄러미 보고 있었다.(제발 치즈케이크였으면!)

나이 지긋한 방송인이 TV에 나와 인생이란 절대로 뜻대로 안 된다며, 사람이란 원래 풍파를 겪으며 어른이 되는 거라고 말했을 때 '내가 벌써 저런 말을 다 알아듣네, 세상에'라며 그걸 틈타 나를 연민했다. 그 뒤에 이어지던 삶을 대하는 태도나 가치관의 중요성에 관한 얘기들은 궁금하지 않았다. 전체를 균형 있게 보는 눈을 가져야지 생각하면서도, 실은 내 쪽이 더 맞을 거라는 근거를 수집하려 들었다. 나는 기꺼이 한쪽 눈을 감고 내 인생의 비극성만을 애잔히 감싸 안는다.

그날은 생일이 뭐 별거냐며 케이크도 사려다 말았던 날이었다. 지인들로부터 커피 교환권을 선물로 받고는 고맙다고 답하면서도 이거 어쩐지 너무 연극 같다고 조소하던 참이었다. 그 연극을 소중하게 여기지 않으려고 버티는, 하찮게 여기며 무시하려는 마음이 내 안에 있었다.

그런데 그러고 있는 내 모습이야말로 치우침일지 몰랐다. 그렇게 매사 의식하고 판단하려는 내 모습이야말로 너무 어린 자기애가 아니었을까. '자기 자신을 사랑하라'라는 말은 거의 모든 일의 해답이지만, 그렇게만 해서 삶 자체를 사랑할 순 없을 것이다.

별스럽게 생일파티를 하려는 마음과 생일 그거 아무 날도 아니라며 케이크 같은 거 절대 사지 않겠다고 결심하는 마음은 사실 이어져 있었다. 요란하게 행복해지려는 계획과 자포자기의 선포는 같은 말이었다.

아이를 향한 내 웃음이 아이로 인한 건지 나의 노력인지 헷갈린다고 생각할 때면 괴로웠다. 어디까지가 아이를 향한 사랑이고 어디까지가 아이에 대한 사죄인지 모르겠다 싶을 때면 구원의 빛 하나를 간절히 찾는다. 나를 지지하고 증명해 줄, 나를 사랑할 증거를 내 앞에 물어다 줄 누군가 혹은 무언가를 기다리고 기대하며 판단하고 실망하기를 반복해 왔다.

그런데 이젠 이런 생각이 드는 거다. 그때의 내 마음이 사랑이었든 죄책감이었든, 행복이었든 행복을 연출하고 싶은 처절함이었든 그게 그렇게 중요할까? 어쩐지 이젠 정답과 해설이 없어도 괜찮을 것 같다.

힘껏 살아 냈으면서, 그러지 않았다고 착각하지 말자. 이 삶을 결코 사랑할 수 없을 증거를 다 모으고 말겠다는 듯, 그렇게 눈 부릅뜨고 있지 않아도, 이젠 괜찮아.

네가 복수할 곳은 없어.

마침내 나는 내 안에 사는 이에게 말을 건다.

평일 오후 3시. 나는 수영복으로 갈아입고 물속으로 들어간다. 좀 전까지 직립보행 하며 몸을 수직으로 세우고 있던 나는 이제 물 위에 수평으로 몸을 띄우고 앞으로 조금씩 움직일 것이다.

자유형을 한다. 물 위에 엎드려 양팔을 번갈아 크게 돌린다. 물 밖에선 쉽게 돌아가는 팔이 물속에서는 저항 때문에 무겁기만 하다. 그러나 물속에서 힘겹게 반원을 그리던 내 팔은 곧, 물 밖으로 나와 가벼워질 것이다. 발차기는 몸이 가라앉지 않을 정도로만 살살. 꼭 필요한 만큼만 적당히. 힘을 모두 쓰지 않는 것이 나의 수영 원칙이다.

자유형의 사전적 의미는 '헤엄치는 방법에 제한이 없는 경기 종목'이다. 경기에서 허용하는 팔다리 동작이 명확하게 규정되어 있는 다른 영법들과는 달리, 자유형에서는 어떻게든 몸을 앞으로 이동시키기만 하면 된다. 나는 자유형이 좋다.

　고개를 물 밖으로 꺼내 숨을 들이마신다. 코와 입으로 힘껏 담아낸 숨을 온몸으로 꽉 쥐고 다시 물속으로 들어간다. 그 숨을 조금씩 쪼개 물속에서 뱉어낸다. 마시는 것부터 뱉는 것까지가 한 호흡이다.

　수영장 바닥의 T자가 보이면 레인은 곧 끝날 것이다. 그러면 결정해야 한다. 나는 어떻게 할 것인가.

　Turn, baby turn.

　그래, 계속 가 보지 뭐.

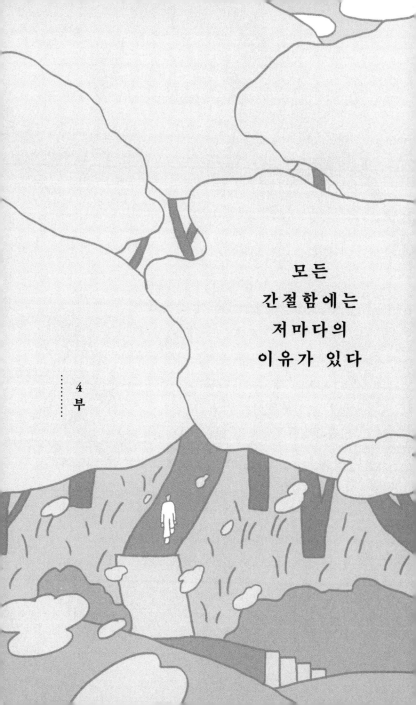

모든
간절함에는
저마다의
이유가 있다

4
부

커피는 커피고,
녹차는 녹차

수영장에서 입영立泳, rotary kick 을 배웠다.

입영이란 물속에 몸을 세우고 서서 헤엄치는 영법으로 싱크로나이즈나 수구에서는 기본 동작이며 라이프가드(수상 인명 구조 요원) 자격증을 따려면 이 '입영'을 4분 이상 지속할 수 있어야 한다.

입영 중인 사람을 물 밖에서 바라보면 별로 힘들어 보이지 않을 수도 있다. 그런데 그들의 다리 동작을 물속에서 본다면 놀랄 것이다. 발목과 무릎을 교차하면서 쉼 없이 빙글빙글 돌려야 한다. rotary(순환)라는 영어 단어가 들어가는 이유도 아마 거기에 있을 것이다.

로터리를 빠져나가지 못하고 계속 돌고 있는 자동차 한 대가 여기 있다. 어디로 나가야 하지, 어디로 가라고 했더라, 어디는 절대 아니라고 했는데. 출구가 어딜까 생각해 보지만 이정표도, 내비게이션도 없는 로터리에서 운전자는 울고 싶은 심정이 된다. 그래도 계속 돈다. 일단 멈추지 않고 계속 간다.

로터리를 뱅뱅 도는 운전자가 어떤 마음으로 돌고 있는지를 알아챌 방법은 없다. 조수석에 일행이 타고 있었던들 운전자의 마음을 다 알 수는 없을 것이다. 로터리를 회전한 횟수를 셈할 수는 있겠지. 자동차 계기판의 주행 거리로 이동 거리를 측정해 볼 수는 있겠다. 그러나 출구를 몰라 헤맸던 시간을 증명할 방법은 없다. 언제까지 이러고 있어야 하는지 막막해 운전대를 잡은 두 손에 힘이 잔뜩 들어갔던 그 시간은 어디에도 기록되지 않는다.

그것은 열리지 않는 잼 뚜껑을 돌려 본 시간과도 비슷하다. 손바닥은 이미 시뻘겋게 부었지만, 애석하게도 혈관은 곧 안정을 찾으며 유일한 증거를 없앤다. 뚜껑을 여느라 힘쓴 시간과 이거 안 열리면 어떡하지 하며 초조했던 마음은 어디에도 흔적을 남기지 못할 것이다. 그나마 뚜껑이 열리기라도 하면 빵에 잼을 발라 먹는 보상이라도 있지 그렇지 않다면, 허벅지 사이에 유리병을 끼우고 끙끙대며 뚜껑을 돌린 시간 같은 건 누구의 기억에도 남지 않는다.

기록경기로서의 수영 종목에서 선수들은 자기 몸을 물속에서 최대한 빨리 앞으로 이동시켜야 한다. 그러나 바다 한가운데에서 살아남으려는 상황이라면 어떨까.

얘기는 완전히 달라진다. 일단 어디로 가야 하는지 알 수 없으니 섣불리 움직일 수 없다. 결정적인 순간에 헤엄칠 힘이 남아 있어야 하니 망망대해에서 무턱대고 살려 달라며 악을 쓸 수도 없겠다. 로터리 킥을 유지하며 가라앉지 않는 것 말고는 할 수 있는 일이 없다. 그조차 쉽지는 않을 것이다. 몸에 중심을 잡으면서 에너지 소모는 최소로 해야 한다. 방향을 잡고 헤엄치고자 할 때 쓸 힘은 남겨 두어야 하기 때문이다.

살아남기 위한 분투는 보이지도, 그 흔적이 남지도 않는다. 눈으로 확인할 수 있는 거라고는 손을 움직여 만든 파동뿐인데 그조차 곧 흩어지고 만다. 모든 것이 그렇게 모조리 사라져 버릴 수도 있다니. 허무하고, 억울하다.

그래서, 누군가 온몸으로 견뎌 낸 시절을 두고 '결과적으로는 아무것도 남은 게 없잖아'라고 간단히 정리해 버리는 건 무례하다. 어떤 이들은 자신이 가진 힘을 모조리 써서 겨우 살아 있다. 남들이 보기엔 숨만 쉬고 있는 것처럼 보이는 이들도, 가라앉지 않기 위해, 죽지 않기 위해, 온 힘을 다해 로터리 킥을 하고 있다.

마침내 꽃을 피운 장면들이 주는 감동을 나도 모르지 않았다. 수십 년간 자신을 다독여 단련시켜 온 이야기를 15분 동안 가만히 서서 점잖게 고백하는 사람의 모습에 뭉클해지지 않은 것이 아니었다. 다만 나는 '그렇게 되기까지' 달리 설명할 방도가 없었던 시간에 대해 더 듣고 싶다. 그 사람을 결국 버티게 만든 것들에 대해 더 생각하고 싶다.

이것은 전혀 버티고 싶지 않았고 더 이상 애쓸 힘이 남아 있지 않았지만 하루를 더 살아 냈던 나에 대한 '여전한 자기 연민'일지 모른다. 아니면 지난날을 해석하고 정리하며, 이제는 보내 주고 싶은 마음인지도.

삶의 어느 지점에서 힘겨운 시간을 보냈지만 이제는 그곳을 지나온 것 같다는 이야기들의 골자는 다 비슷비슷하다. 몹시 힘들었으나(당황스럽고 고통스러웠으며 좌절하였고 수치스러웠으며 슬펐습니다.) 견디는 것밖에 대안이 없어 그리했으며, 끝내 그곳에서 벗어났거나 그것을 초월한 사람의 이야기. 결국엔 무언가를 끌어안았고 끝내 흘려보냈거나 넘어선 순간들에 관한 이야기. 어떤 시간이 한 사람을, 혹은 한 사람이 어떤 시간을 완전히 바꾸어 놓은 이야기.

그 이야기 속 인물은 때론 나였고 때론 너였다. 그런

데 거기엔 생략된 무언가 있는 것만 같다. 애초에 기록되거나 증명될 수 없는 장면 같은 것이. 영상 속 저 사람이 방금 눈으로는 말했지만 그걸 전달할 언어를 알지 못해 아직 입속에 머물러 있는 그런 이야기들이. 조금도 앞으로 나아가지 못했지만 정체돼 있던 덕분에 살았던 시간이, 아직 입 밖으로 나오지 못한다.

후배가 내게 알바 할 생각이 있냐고 물었다. 그녀는 대학교에서 교직원으로 일하고 있는데 한 교수가 연구실에서 연구비 정리를 도와줄 사람을 구한다는 것이다. 교수가 원한 채용 조건은 놀랍게도 기혼 여성에, 아이가 있는 사람일 것.

사회생활로의 재진입 자체에 의미를 두고 이 알바 자리에 꽤나 만족할 가능성이 높은 여성(육아에 쏟는 시간과 밀도를 크게 비틀어야 할 위기가 없는 선에서 구직을 희망하고 있는 애 엄마)을 뽑음으로써 정규직으로 채용하지 않는 것에 자신들이 너무 미안해하지 않아도 되는 구직자를 찾고 있다는 말로 들렸다.

구직자의 근무 시간에 자율성을 주는 파격적인 조건

이라니. 솔깃했다. 채용됐을 경우 내가 현장에서 하게 될 일의 범위가 어느 정도일지는 아직 모른다. 각종 영수증 정리나 전화 업무, 증빙 관리 외에도 '내가 돈 받는 대가로 하게 될 일' 목록에는 여러 잡다한 일이 포함되어 있을 것이다. 그런 자리에서 내가 나의 존재 가치를, 실존의 증명을 요구하며 따지고 들 일은 없을 것이다. 자존심 상해할 일 같은 건 아예 없을지도 모른다.

애초에 내 쪽에서도 나를 걸고 하는 일이 아닌 것이다. 일을 왜 그렇게밖에 못 하냐는 말에도 '어머, 제가 그랬나요? 죄송합니다' 하고 넘어갈 수 있을 것만 같다.

공과대학 교수 연구실에서 사람을 구하면서 연구와의 관련성을 전혀 고려하지 않는다는 사실이 마음에 들었다. 언제 대체되어도 상관없는 사람을 찾고 있다면, 적임자는 바로 나일 것이다. 그런데 혹시 연구실을 찾아온 손님에게 커피도 타 줘야 할까?

나는 대학을 졸업하기도 전에 취업에 성공했다. 나는 방금 졸업하기 전에, 라고 하지 않고 졸업하기'도' 전에, 라고 했다. 우월감을 느꼈다. 권위 있는 누군가에 의해 선별된 것 같았다. 오랜 시간 기다렸던 순간이 마침내 눈앞에 펼쳐진 듯 뿌듯했다.

11월부터 신입사원 교육에 참석해야 했기에 4학년 2학기는 절반밖에 다니지 못했는데 나는 그 사실이 특히 마음에 들었다. 등록금이 아깝다는 생각은 조금도 들지 않았다. 수강 중인 모든 수업의 교수들에게 여차저차 사정을 설명했다. 월반한 기분이 든다. 뭔가 해냈다는 느낌, 드디어 나도 뭔가를 보여 줬다는 생각에 한껏 들떴다.

어딘지 내키지 않는 자리라는 느낌을 쉽게 외면할 수 있었던 건 바로 그 때문이었을 것이다. 내 생애 처음 찾아온 듯한 이 성취감 만끽의 기회를 놓아 버리고 싶지 않았다. 어쩐지 찜찜한 여러 단서들을 그냥 못 본 체하기로 한다.

일단 해 보고 아니다 싶으면 그때 그만둬, 라는 누군가의 조언은 그래서 내게 적용되지 못했다. 섣불리 퇴사했다가 이만한 곳에 다시 들어가지 못할까 봐 겁났고 그래서, 이 정도만 되어도 괜찮지 뭐, 라고 생각할 근거를 자꾸만 모았다. 진짜 세상이 돌아가는 방식은 사실 이거였을 거라고, 넌 아무것도 모르는 애송이라고 내 안의 누군가가 나를 설득했다.

내게 인수인계해 줬던 직원은 열흘 뒤 퇴사라고 했다. 그녀는 '이제 이 모든 게 다 네 일이에요' 내역을 쉬지 않고 읊어 대며 가르쳤는데 거기에는 이게 끼어 있었다.

"아, 그리고 아침에 출근하면 제일 먼저 부장님께 녹차 한 잔 타 드리세요."

어? 지금 나보고 뭘 하라고?

내가 해야 하는 일 중 하나가 부서 우두머리에게 아침마다 녹차 한 잔을 타 주는 거라고 했다. 나는 이곳에 비서로 입사한 게 아니었다. 근데 왜? 왜 내가? 내가 왜 녹차를? 아주 가늘고 날카로운 수치심 하나가 가슴에 박히는 것 같았지만, 그렇게 느끼지 않으려 발버둥 쳤다. 이제라도 그만둬야 할 것 같은 직감을 무시하기 위해 나는 연신 침을 삼킨다.

간절히 갖고 싶은 무엇이 있다는 것은, 혹은 절대로 갖고 싶지 않은 무엇이 있다는 것은 정말이지 무서운 일이다. 인간이 현실을 똑바로 볼 수 없게 되는 건, 그렇게 간단히 이루어진다. 나는 저울질 끝에 한쪽을 택했다. 내상처와 수치심은 일단 눈감기로 한다. 분명하고 선명한 그 감정들을 치기 어린 미성숙함으로 여기고 넘어가기로한다. 그렇게 내 어떤 마음을 스스로 등한시하고 업신여기는 것이, 열등하게 느끼며 낮춰 보는 시선이, 나 자신에게 가장 큰 상처가 될 거라는 것을 당시에는 몰랐다.

만일 내게 부장님 책상 위에 매일 아침 신문을 올려놓

으라고 했다면 나는 각 잡고 제대로 올려놓을 수 있을 것 같았다. 만일 내게 매일 아침 기상청에 전화해 오전 8시 45분의 서초구 평균 습도를 부장님께 보고하라고 했다면 그것 역시도 제대로 해냈을 것이다. 통화 연결이 원활하지 않을 것에 대비해 오전 8시 30분부터 기상청에 전화해가며 일에 완벽을 기했을 것이다.

그런데 이건 아니지. 녹차라니? 고작 녹차라고?

본사의 각 부서에는 사무직원이 한 명씩 있었는데 모두 여자였고, 전문대를 졸업한 뒤 5급으로 입사한 직원들이었다. 그들은 간단한 경리 업무와 사무 보조, 각 부서의 특정 업무와 더불어 부서에 찾아온 손님에게 녹차나 커피를 타 주는 일도 했다. 말하자면 부서 전체를 보조하는, 비서 역할을 맡고 있었던 것이다. 꽤 전문적인 업무를 맡게 된 5급 직원의 경우 4급으로, 그 이상으로 진급하는 경우도 있었지만 드문 일이었다. 그리고 우리 부서에만 그 사무직원이 없었다.

내게 인수인계해 줬던 퇴사 예정자가 5급 사원이라는 사실을 처음에는 몰랐다. 그가 4년제 야간대학에서 경영학을 공부하고 있으며 졸업한 뒤에는 4년제 대졸 사원으로 입사할 수 있는 회사에 들어갈 거라는 다짐을 내게 말했을 때, 그때 알았다. 아, 그런가요.

녹차는 내가 타야 할 것 같다고 생각했다.

사정을 다 알 수는 없지만 그녀는 야근과 주말 출근이 잦은 자리에 5급으로 계속 앉아 있는 건 왠지 부당하다고 생각하지 않았을까. 어찌어찌 4급으로 진급한다고 해도 더 위로 올라갈 수 있을지는 알 수 없는 분위기였고 회사 쪽에서는 '그녀가 그만두는 김에' 아예 4년제 대학을 나온 4급 사원을 뽑아 그 자리에 앉히기로 했을지도 모른다. 그리고 거기가 바로 내가 '취업에 성공해' 등록금의 반은 버리고 앉아 있는 자리였다.

회사 생활 어떠냐는 친구들의 질문에 전임자에 대해서는 일절 떠들지 않았다. 그건 철저히 타인의 사정일 뿐이라며 제법 단호한 삶의 태도를 지닌 사람인 양 스스로 생각했지만 만일 그녀가 의학 전문 대학원 진학을 위해 회사를 그만두는 서울대 경영학과 출신이었어도 내가 그랬을까 생각하면 글쎄. 아마 지인 중 내 전임자에 대해 모르는 사람은 아무도 없지 않았을까.

나는 매일 아침 부장님께 녹차를 드렸다. 따뜻한 물에 녹차 티백을 담갔다 뺐다 몇 번 반복한 뒤 쓰레기통에 티백은 버리고 맑은 녹차를 부장님께 건네는 건 어렵지 않았다. 얼마든지 좋은 마음으로 할 수 있는 일이었다. 사실 그건 일이라고 할 수도 없었다. 그러나 1년 뒤 부서에 들어온 남자 4급 사원 후배에게 "오늘부터는 OO 씨가 매일 아침 부장님께 녹차를 타 드리면 돼요"라는 말을 입 밖으로 내뱉는 내 목소리에 투쟁하는 이의 비장함이 실렸던 건, 애초에 그 일이 내게 그대로 맡겨진 것에 나의 성별이 관여했다고 믿었기 때문이다. 내가 부서의 막내여서 그 일을 받은 것이 아니라, 아마도 내가 부서의 유일한 여자여서 그 일을 받았다고 생각하며 수치심을 느꼈으면서, 분명히 그런 마음이 일고 있음을 느껴 놓고도, 순순히 따른 내게 화가 났기 때문이다.

녹차를 타라는 그곳에서, 아니 지금 시대가 어느 땐데 이 회사는 아직도 이런 일을 다른 사람한테 시키네, 대충 넘어가면 됐을 일이었을까. 부장님 이건 좀 곤란하네요, 녹차는 직접 타서 드시라고 말해 봐야 했을까. 누가 타 주는 녹차를 마시고 싶다면 우리 부서에도 경리 직원을 따로 뽑아 달라고 말해야 했을까. 혹시 녹차를 타는 것과 신문 가져다 놓는 것을 격이 다른 일이라 구분했던 내가 문제였을까. 정말로 내가 예민하고 이상했던 것일까. 혹은 우리 티백으로 이럴 게 아니라 말린 녹차 좋은 거 구입해서 다 같이 제대로 한번 마셔 보자며 일을 벌이면 됐을까.

응급 수술로 아이를 내 몸 밖으로 꺼낸 뒤 나는 산부인과 5인실 병실로 옮겨졌다. 나는 그 병실에서 내내 울다 잠이 들었고 잠에서 깨면 그때부터 다시 울었다. 잔인하게도 출산 축하 꽃다발과 과일 바구니 같은 것이 들어오는 병실 안에서. 울려 대는 축하 전화에 잃은 것 없는 산모들이 말도 마라, 나 진짜 죽는 줄 알았잖아, 분만실에서의 기억을 끄집어내 저마다의 트로피를 만들어 내고 있었다.

누군가 양해도 구하지 않고 갑자기 커튼을 확 열어젖혔다. 커튼을 쥔 채로 간호사가 곧 교수님 회진이 있다고 말했다. 어떠한 경우에도 예외를 적용할 수 있는, 판을 뒤집을 만한 비장의 카드를 내가 쥐고 있거든, 짠! 대학 병원 내 최고 권력자의 등장을 예고하는 간호사의 목소리에 당당함이 배어 있다. 봤지?

분노가 치밀었다.

흰 가운 입고 우르르 내게 다가온 무리 중 하나가 차트 위 글자를 빠르게 읽어 나가기 시작한다. 뭐라 뭐라 뭐라, 전부 영어다. 내게 일어난 일들이 몇 초 만에 깔끔하게, 그것도 영어로 발화되고 있다.

나는 침대에 누운 채로 그들을 가만히 쳐다보았다. 어쩌고저쩌고, 교수 앞이라고 잔뜩 긴장해서는 목소리 깔던 의사 하나가 순간 자신의 음성을 확 줄인다. 여기 눈 끔뻑이며 누워 있는 환자가 26주 5일째에 아이를 출산했다는 말을 내뱉은 직후다. 순간, 병실에 있던 다른 산모 넷과 보호자들이 나를 보거나 나를 보지 않고 동작을 멈췄다. 병실은 드디어 조용해진다.

초등학교 앞 뽑기 기계 앞에 쭈그려 앉은 아이는 기대했던 걸 뽑지 못했다고 해서 울지 않는다. 뽑기란 원래 그런 성질을 지니고 있음을 아이는 알고 있기 때문이다. 뽑기에 다시 돈을 넣고 돌리더라도, 원하지 않는 보석 반지를 또 뽑을 수 있다는 것을, 그래도 어쩔 수 없다는 것을 알고 있다. 그것이 뽑기의 세계관이다. 뽑기를 하기 위해 엄마에게 돈을 타면서 아이는 뽑기의 세계관에 완전히 동의하고 집을 나선다. 아쉬워하거나 짜증 내는 아이는 있어도 서러워 우는 아이는 없다. 고작 뽑기 기계 앞에서 다시 일어서지 못할 정도의 좌절을 느끼는 아이는 없다.

아이를 배 속에 가졌을 때 나는 어떤 사람이었을까. 나를 닮고 나를 닮아 갈 건강한 아이를 만나게 될 거라 기대했고, 그 아이와 함께할 날들을 상상하며 들떠 있던 나는, 학교 앞 뽑기 기계 앞에서 어떤 표정으로 서 있던 꼬

마였을까. 나는 그때도, 원하는 걸 뽑게 될 거라고 믿던 아이였을까. 나라면 갖고 싶은 걸 뽑을 수 있을 거라 믿으며 100원짜리 동전 하나를 만지작거리며 신나 있는 아이였을까. 원했던 하트 목걸이가 아니라 갖기 싫은 보석 반지가 또 나왔을 때, 친구들 앞에서는 아쉬운 표정만 짓고 돌아섰지만 실은 울고 싶은 아이였을까. 다시 동전 내놓으라고 뽑기 기계 앞에서 떼를 쓰고 싶은 아이였을까.

연구실 담당 교수가 손님에게 내어줄 커피를 내게 준비해 달라고 한다면 나는 어떻게 반응하게 될까. 그는 이런 부탁까지 해 미안하다는 태도를 보일 수도 있겠고, 그 돈 받으면서 이 정도 일은 해야지, 당연하게 지시하는 폼일 수도 있겠다. 그러나 교수의 태도가 어느 쪽이든 그건 별로 중요하지 않다. 애초에 나를 흔들 권한을 내 쪽에서도 상대에게 주지 않을 것이기 때문이다. 그리고 이제는 그 누구에게도, 그럴 수 있을 것 같다.

나는 그 대학 주변 맛있다는 빵집과 카페를 차례로 둘러볼 것이다. 꺄눌레나 휘낭시에처럼 깔끔하게 먹기 좋은 크기의 디저트 몇 개를 사 두자고 연구실에 제안할 것이다. 이런 빵을 구비해 놓는 것이야말로 복리후생비나 접대비 내역으로 마침맞다며 '연구 개발에 협조적인 파트너 접대를 위한 커피와 디저트 연구 및 구입비'를 따로 책정해 달라며 너스레를 떨고 있을지도 모르겠다. 또는, 원목 쟁반 두 개쯤 연구실에 두자고 제안할 수도 있겠다. 쟁반 하나에 분위기가 확 달라질 거라며 그들을 설득할 것이다. 그럴듯한 커피 맛을 낼 수 있는 드립백 구입도 필수일 테고 다양한 과일청이나 대추생강청 같은 것도 맛과 향이 진한 수제 청으로 구비해 놓을 것이다. 그 학교 주변의 카페 한 곳씩 가 보는 것은 나의 커다란 즐거움이 될 것이다.

손님이 찾아온다면 차 좀 드릴까요, 먼저 다가가 묻겠다. 커피를 마시겠다고 하면 믹스커피와 원두커피가 모두 준비되어 있다는 사실을 일러 줄 테다. 나는 좋은 마음으로 커피포트의 물이 끓기를 기다리며 저 사람은 교수와 어떤 사이일까, '이 모든 게 남의 일인 자'의 재미를 한껏 누려 보고 있을까. 여기에 디저트로는 뭐가 좋을까, 휘파람이 새어 나올지도 모르겠다.

나는 매일 아침 나를 위한 커피 한 잔을 가장 먼저 준비하겠다. 내게 주어진 자리를 깨끗이 정돈하고 거기에 커피 한 잔 올려놓고서 천천히 숨 고르며 연구실 밖 창문으로 지나다니는 학생들을 구경할 테다. 모자 달린 후드티와 통 넓은 면바지를 경쾌하게 입은 그들의 옷차림과

걸음걸이를 살피며 그 어린 기운을 빌리고 때론 훔칠 것
이다. 강의실 건물로 들어서며 웃고 있는 남녀 한 쌍 바라
보며 둘 중 하나는 고백 직전의 마음인 것만 같아, 나는
손에 쥔 커피 한 모금 또 마시며 웃고 있을 것이다.

내가 물 위에 떠 있기 위해 만들어 낸 물거품들은 모
두 사라지고 없다. 그 시간을 증명해 줄 무엇 하나 증거로
남아 있지 않다. 그런데 가만히 보니, 모두 사라지고 없는
그곳에 무언가 남겨져 있었다.

커피는 커피고, 녹차는 녹차다.

이제는 그걸 알고 있다.

그런데 카페인이 문제였던 게
맞기는 맞습니까?

　인간의 핵심 욕구를 다섯 개로 꼽아 피라미드형으로 설명한 매슬로Abraham H. Maslow의 주장은 대충 들어도 맞는 말이다. 생리적인 욕구가 충족된 뒤에야 안정감을 충족시키려는 욕구가, 집단과 사회 안에서의 교류와 사랑을 바라는 욕구 다음이 거기서 존중과 존경을 받고 싶다는 욕구가, 마지막엔 자아를 실현하고 싶은 욕구가 일어난다는 그 이론은 설득력이 있다. 그런데 한 사람이 나고자란 상황(그 운명의 장난이란!)에 따라 무언가를 몹시 열망하게 되는 욕구의 단계가 사람마다 다르다는 점을 생각해 보면 역시 생은 공평하지 않다. 어떤 이는 자신의 생을 다 갈아 넣어서라도 지키고 싶은 가정과 나라를, 어떤 이는 가지고 있는 줄도 모르고 가지고 살다가, 그걸 가지고 있었는지도 모른 채 죽는다. 우리가 우리 자신이 가지고 있는 것의 의미를 진짜로 깨닫기는 어렵다. 깨닫는 방법은 사실 단 하나뿐인데 그걸 잃는 것이다.

그것을 영원히 잃어버렸을 때. 나는 이것이 생의 공평함 아니, 신의 공평함이라 믿는다.

더 적당하고 더 바람직한 욕구, 더 훌륭하고 더 그럴듯한 욕구란 그래서 존재할 수 없다. 자아실현의 욕구를 느끼며 무엇을 해야 자신이 행복하고 충만한 삶을 살 수 있을지 고뇌하고 있는 이의 시간이, 누구라도 좋으니 제발 자기를 한 번만 쳐다봐 달라는 듯 욕설을 내뱉으며 걷고 있는 이의 시간보다 더 숭고하다거나 가치 있다고 간단히 말할 일이 아닌 것이다. 한때 맹목적인 간절함 하나로 꾼 허무맹랑한 꿈일지라도 그 덕에 어느 시절을 살아냈다면, 그 꿈은 사람의 목숨을 살린 꿈이 된다.

자신을 움직인 원동력이 누군가를 향한 분노나 앙갚음이었다 하여도, 거기에 설명 같은 건 필요 없다. 매슬로가 말한 다섯 개의 욕구를 꿈꾸게 되는 순서가 맞을지는 몰라도, 각 욕구 사이에 우열이 있다고 할 순 없을 것이다. 모든 간절함에는 저마다의 이유가 있다.

의사는 내게 커피가 가장 해롭다고 했다. 특히 빈속에 마시는 커피는 현재 나의 취약해진 위를 더욱 쥐어짤 것이며 만성 위염이라는 증상 개선에 전혀 도움이 되지 않으니 당장 멈추라고 했다. 그러잖아도 속에서 신물이 올라오기 시작했단 말이지? 잠시라도 커피를 끊어야 할 때임을 받아들였다.

유튜브 속 커피 끊기에 성공한 이들은 이렇게 말했다.

일단 두통이 시작될 거예요.

두통이 시작되었다. 그들이 공통적으로 증언한 '잠이 안 깸'(정신 못 차림) 등의 금단현상도 나타났다. 그래도 그건 시간이 지나면 나아질 거라는 기대로 참을 수 있었는데 문제는 우울감이었다. 커피까지 못 마시면 나는 도대체 어떻게 살아가란 말인가?

어째 우울감이 이전보다 훨씬 심해진 거 같다는 판단이 섰을 때, 나는 상담심리 전공자다운 면모를 발휘하여 여기서 멈추기로 한다. 나의 정서와 행동 변화를 면밀히 관찰한 뒤 두 손 두 발 다 들기로 마음먹는다.

솔직히 우울증보다는 한 번씩 속 좀 아픈 게 낫지 않겠어? 좋았어, 논리적이야.

커피를 다시 마시기로 하자마자 나를 지배하던 우울감이 순간적으로나마 사라지고 없다. 와우, 어메이징!

나는 냉장고로 향한다. 혹시 몰라(도대체 뭘 혹시 몰랐다는 말인가.) 사 두었던 컵커피에 달린 빨대를 순식간에 뜯어 커피에 꽂아 넣는다. 뽁, 컵커피 뚜껑 포장지가 날카롭게 찢어지며 구멍이 뚫리는 소리가 경쾌하게 들리고 커피와 내가 다시 연결된다. 도킹 성공. 머리가 맑아진다. 삶이 다시 내게로 다가온다. 내가 다시 삶에 다가간다.

그런데 생각지도 못했던 복병이 나타났다. 잠이 안 오기 시작한 것이다.

자체 임상 실험 끝에 나는 오후 3시 이후 마시는 커피에 수면의 질과 양 모두 직접적인 영향을 받는 몸이 됐음을 알아냈다. 밤 10시에도 커피를 마시고 싶으면 마시면 되던 나였다. 문제가 될 만한 거라고는 여기에 휘핑 추가하면 살이 (더) 찔까 안 찔까였지 커피와 잠을 연관 지을 일은 일어난 적이 없었다. 그러나 내 몸이 변했다. 이제는 오후 6시쯤 마신 한 잔의 믹스커피로 새벽 두 시까지는 무리 없이 눈뜨고 있을 수 있었다.

이로써 나는 인간이 어리석다는 증거 하나를 더 확보하였다. 다양한 매체에서 오래도록 뭐라고 했던가. 그들은 '커피'와 '불면증'을 연관 짓고 그 상관관계를 열심히 보도했다. 커피를 마시면 불면의 밤을 보낼 수도 있음을 수차례 경고했다. 그러나 나는 어떤 태도를 취해 왔는가. 완전한 남 얘기 취급하지 않았던가? 그건 네 사정이고 나는 다를 거라 믿지 않았는가 말이다. 인간은 자신이 실제로 겪어 본 일 외에는 정말, 정말로 아무것도 모르는 존재인지도 모르겠다.

실로 많은 날들 나를 지켜 주었던 커피였다. 내 안에서 폭발하고 있는 '미충족된 인생 통제 욕구'를 어딘가에 풀려고 할 때마다 커피가 나를 설득했다. 가까이 있는 누군가 혹은 멀리 있는 누군가를 사랑하고 미워하고 그들에게 기대하고 실망하면서 나의 존재를, 나의 가치를, 나의 살아 있음을 확인하려는 그 지독한 자기애와 유아적 전능감 모두를 그 작은 커피 한 잔이 끌어안아 주곤 했다.

여기서 멈춰. 분명 후회하게 될 거야. 일단 커피 한잔해, 응?

검색해 보니 커피를 끊으면 몸이 몰라보게 좋아진다고들 했다. 그걸 증언하는 영상이 한두 개가 아니었다. 저독한 사람들 좀 보게나. 그런 영상을 계속 봤더니 '카페인이 우리 몸에 끼치는 나쁜 영향'에 관한 영상들이 추천 영상으로 떴다.

나는 그들의 이야기를 듣고 싶기도 하고 아니기도 했다. 저들도 했는데 나라고 못 할까 싶은 마음이 반, 분명 본인들은 아직 알아채지 못한 '커피 끊은 부작용'이 있을 거라 확신하고 그 증거를 찾아내리라 마음먹는 쪽이 반이었는데 결국 후자의 마음이 이겼다. 나는 계속 커피를 마셨고 계속 새벽 2시쯤 잠에 들었다.

그러다 나의 명석한 두뇌로 이런 생각을 하기에 이르렀다. 잠깐만, 한 번씩 속 아픈 거는 견디기로 얘기가 된 거고. 그렇다면 지금 문제가 잠 못 자는 거라는 거 아니야? 카페인이 문제라면 방법이 있는 거 아니야? 나는 세상의 모든 디카페인 커피를 검색하기 시작한다. 엉뚱한 곳에 정신을 집중시켜 보는 건 생의 괴로움에서 벗어나기 위해 몸부림쳐 온 우리 인간의 고전적 기술, 위대한 유산이리라.

처음에는 슈퍼에서 가루커피를 샀다. 디카페인 라테 가루 봉지 10개입짜리를 사며 자못 비장해진 나는 시중에 나와 있는 가공커피 디카페인 제품의 카페인 함량을 비교하는 일에 한동안 열을 올렸다. 어머, 이게 더 높았단 말이야? 상상도 못 한 일이야!

그렇게 한동안 디카페인 라테를 만들어 마셨다. 카페

인 줄이기가 이렇게 쉬운 줄 알았으면 진작 바꿀걸. 그러나 어쩐 일인지 나는 그 열 봉지를 다 뜯기도 전에 카페에 앉아 남이 타 준 디카페인 커피를 마시는 나를 상상하고야 만다.

보라, 수단은 또 다른 수단으로 이토록 쉽게 대체된다. 나는 요즘 디카페인 라테를 맛있게 만들어 주는 카페를 열심히 찾아다니고 있다.

일 년쯤 혼자 아차산에 다녔다. 그곳이라면 완전히 혼자 있을 수 있을 것 같았기 때문이다.

산속에서는 8월 초 한여름에도 덥지 않았다. 산 입구까지 걸어오며 흘린 땀은 산에 들어오며 공기 중으로 다시 돌아갔고 그러면 오히려 진짜 시원하다고 느껴졌다.

누가 봐도 여기가 아차산 입구임을 알 수 있는 사람 손 많이 닿은 등산로보다 나는 장로회신학대학교 캠퍼스를 가로질러 올라가는 길을 좋아했다. 후문을 통과해 이동 차량이 거의 없어 텅 빈 1차선 도로 하나를 건너면 바로 등산로였다.

나무 계단이나 밧줄 표시로 '가장 오르기 안전하고 말

끔한 길'을 안내해 둔 메인 등산로와는 달리 이 진입로에서 시작하면 제명을 다해 쓰러진 나무를 넘어 오르는 거친 길로도 산에 오를 수 있었다. 나는 그 길이 좋았다. 나무가 쓰러지면 쓰러진 대로, 정돈하지 않은 채 그대로 길이 된 그 길이 좋았다.

어느 순간부터는 내가 이 산을 오르고 있는 게 아니라 산이 나를 밀어 올려 주고 있다는 느낌이 들었는데 그때부터는 산을 좋아하게 됐다. 가느다란 나뭇가지에 올라 잠시 쉬던 새들이 다시 날아오르기 직전 들려오는 나뭇잎 바스락거리는 소리와, 흙을 밟고 지나갈 때 내 발밑에서 올라오던 냄새 같은 것들이 좋았다. 그날 내가 그 등산로를 택하지 않았다면 존재를 알지 못했을 어떤 꽃 하나를 발견할 때면, 내가 보든 보지 않든 그 자리에 그 꽃이 있었을 거라는 사실이 나를 위로했다.

하늘에서 내린 폭우를 있는 그대로 다 맞은 뒤 필요한 만큼만 머금고 나머지는 정직하게 모두 내뱉는 산 중턱의 물줄기를 본다. 산이 비와의 만남을 마주하고 받아들이는 방식을 바라본다. 비가 내린 지는 벌써 이틀이나 지났는데 물줄기가 아직 세다. 그러나 산은 불평하지 않는다. 왜 이렇게 많은 비를 내렸느냐고 하늘을 원망하지 않는다. 며칠 뒤에 보면 그 물줄기는 모두 말라 있었다.

그저 순리대로 존재할 뿐인 산이, 지금 너도 괜찮다고 말해 주는 것 같았다. 결국 그 말이 듣고 싶어서 자꾸만 내 몸을 산속에 가져다 놓게 됐다.

산속에 있으면 황홀해져요. 누구라도 그럴 겁니다.
산을 오르기 시작한 지 5분쯤 지나면 나만 쳐다보고 있던 그 시선이 비로소 멈춰요. 그것만 해도 사실 산을 오르려는 이유로는 충분하지요. 생각을 멈추고 잠시나마 나를 잊어 보는 것, 그게 그렇게 어려워 다들 난리잖아요.

나뭇잎들이 조금씩 겹쳐 있는 모습을 올려다보면 재미있어요. 거기서 바람이 조금만 불면 햇빛 받은 잎들이 흔들리며 나무 전체가 순식간에 반짝이는데 정말 장관이죠. 그럴 땐 걸음을 멈추고 그냥 서 있을 수밖에 없어요. 누구라도 그럴 겁니다. 본능적으로 아는 거예요. 이것이 진짜 아름다움이라는 것을요. 그 완전한 고요 속에 오직 바람만이 산 전체를 지휘합니다.

늘 거기쯤에서 만나는 고양이들이 '당신네에겐 오늘도 일 없수다' 일관되게 무심한 표정을 짓는 것도 재미있어요. 완전히 수직으로 나무 몸통을 오르고 있는 청설모들의 움직임은 눈으로 보면서도 믿기지 않지요. 동영상을 찍고 싶어 휴대폰을 꺼내 보지만 주머니에 손을 넣기도 전에 그들은 떠나고 없을 거예요.

펜스를 두른 저 보수 공사 현장은 아차산성이 있던 곳이래요. 삼국사기에는 475년에 백제의 개로왕이 고구려 군에게 잡혀 이곳에서 살해됐다고 하던데 저는 그곳을 지나며 이어폰으로 음악을 듣고 있어요. 결국은 다 지나간 일이 된다는 우주의 진리 앞에 어쩐지 외로운 기분도 들어요. 누군가의 목숨을 쥐고 흔들었던 사건이나 감정들도 그 끝은 결국, 사라짐이라는 거니까요.

아차산에는 보루가 있던 곳에 비석을 세워 두었어요. 번호가 매겨진 보루 터에서 잠시 걸음을 멈춰 봅니다. 어느 시대의 누군가에게는 이곳이 가장 안전한 곳이었겠죠. 끝까지 지켜 내고 싶은 것들을 이곳에 모아 두고 비로소 숨 돌리고 있었을 누군가를 가만히 상상해 봅니다.

산을 다 내려와 지하철을 타러 걸어 내려가다 보면 '도심 속 텃밭 가꾸기' 현장을 볼 수 있어요. 추첨을 통해 매년 자그마한 땅 하나 경작할 권리가 꽤 적지 않은 이들에게 주어집니다. 그 운 좋은 이들이 3월이면 땅을 일구기 시작해요. 3월과 4월의 모습은 모두 비슷비슷하지요. 챙 모자 쓴 이들이 요란하게 맨땅 위를 왔다 갔다 할 뿐이에요. 그들이 어떤 씨앗을 심었는지는 아직 몰라요. 그건 한참 뒤에야 알 수 있을 거예요. 너 호박이었구나!

봄이 지나가고 여름이 오면서 텃밭의 모양이 달라집니다. 그때부터는 땅이 두 부류로 나뉘죠. 사람의 손길이 여전히 닿는 땅과 완전히 멈춘 땅으로요. 맞아요, 그럴 수 있지요. 원래 약속을 지키기란 어려운 일이잖아요. 잘해보려는 마음만으로는 안 되는 일도 있습니다. 그렇다고 텅 빈 땅을 보며 안타까워할 필요는 없어요. 그곳에 쏟아지고 스친 비와 햇빛과 바람은 그 땅에 깊은 휴식을 줄 거예요. 내년에 그 땅을 배정받는 사람은 좋겠지요. 무엇을 심어도 아주 잘 자랄 겁니다.

산은 보이는 것이 전부죠. 가만히 쳐다보고 있으면 산의 생리를 모두 읽어 낼 수 있어요. 그래서 세 살짜리 아이도 스케치북에 산을 그릴 수 있는 거예요.

산을 계속 걸어 올라간다면 언젠가는 제일 높은 곳, 정상에 다다를 수 있어요. 반대로 계속 걸어 내려간다면 다시 단단한 땅을 밟을 수 있게 되지요. 그저 걷기만 했을 뿐인데도 그 모든 걸 해낼 수 있다는 것을 산은 우리에게 가르쳐 줘요. 멈추지 않고 계속 걷는 것만도 누군가에겐 온 힘을 다해야만 겨우 이뤄낼 수 있는 일이라는 것을, 산은 다 알고 있는 거예요.

아, 그런데 제가 아차산에 오르기 시작한 데는 사실 커피를 줄이려는 이유도 있다는 말씀을 안 드렸군요. 이건 뭐 카페를 가지 않을 확실한 방법으로 그것밖에 없겠더라고요. 특히 한여름에 정말 효과가 좋았죠. 머리카락 사이 두피부터 발가락 사이까지 전신을 흐르는 땀은, 한여름 땀 냄새 온몸에 두른 저를 움츠리게 할 것이고, 언제 어디서나 '남들이 생각하는 나'를 신경 쓰며 사는 저는 폐쇄된 카페 같은 곳엔 절대 들어가지 않을 테니까요. 그렇게 한 잔의 커피를 참아 봅니다. 어머, 남 눈치 보는 게 이렇게 도움이 될 때도 있네요.

오늘은 쉽니다,
내일 뵙겠습니다

스타벅스나 커피빈 같은 카페를 좋아했다.

색과 빛이 절제된 공간이 세련되게 느껴졌다. 유니폼을 입은 직원들의 단정함과 고른 친절함, 저기 저 높이 메뉴판에 적힌 아주 길고 예쁜 이름들을 보는 것이 좋았다. 커피값이 완전 밥값이네, 라는 누군가의 냉소에도 아쉬운 건 내 쪽이었다. 나는 가진 게 아주 많은, 그럴듯한 사람이 되고 싶었다.

아직 대중의 호감이 보장되지 않은 신메뉴를 계절마다 내놓을 수 있는 곳. 전국에 1,500곳이 훌쩍 넘는다는 매장에서 동일한 이벤트를 동시에 진행하고 그래서 볼거리도 먹거리도 가득한 곳. 다양한 사람들이 모여드는 재미난 곳. 다이어리를 받으려면 정해진 기간 안에 사 마셔야 하는 커피가 17잔이나 되는데도 '저걸 언제 다 채우나' 가 아니라 어떻게든 다 채워서 나도 '그걸' 갖고 싶게 만 드는 곳. 원하는 모든 게 가능한 세계. 꿈과 희망의 나라. 메이저 중의 메이저. 나도 그런 사람이 되고 싶었다.

내 인생도 그 카페들처럼 이름만 말해도 누가 알아주 면 좋겠다고 생각했다. 나를 좋아하진 않더라도 적어도 만 만하고 우습게 볼 수 없게 조처해 놓고 싶은 마음이 내 안 에 있었다. 어쩌면 나는 그저 겁이 많은 사람이었는지도.

나의 목소리, 내 생각, 나의 눈빛만으로는 자신이 없 어 확실한 권위 하나를 손에 쥐고 싶어 두리번두리번 주 변을 살핀다. 커피를 주문한다. 시럽은 하나 반, 휘핑은 에스프레소 휘핑으로 바꿔 주시고요, 우유는 좀 더 뜨겁 게요. 네, 맞아요.

나의 취향이라 믿고 있는 취향을 꼼꼼히 반영해 커피 한 잔을 주문한다. 이제 카페 직원이 부르는 내 이름이 이 곳에 울려 퍼질 것이다. 내가 지금 여기에 존재한다는 사 실을 누군가 공표해 줄 것이다. 헛, 그렇다면 집중해야지. 기대해야지. 행복해져야지. 곧 내 이름이 불린다. 나는 따 뜻한 카페모카 주문하신 A-21번 손님이 된다.

요즘은 작은 카페들이 재미있다.

주인의 색깔이 적극적으로 반영되어 있는 곳과 전혀 반영되어 있지 않은 곳 둘 다 좋다. 서둘러 내지르고 보는 사랑 고백처럼 수수하고 간절하지만 그래서 어설픈 느낌의 카페도 나는 좋아한다. 한 사람을 닮은, 그 사람의 일부를 옮겨 온 듯한 느낌이 배어 있는 곳. 나는 이제 그런 곳이 좋다.

손님에 따라 자신을 다채롭게 변주할 줄 아는 능수능란한 주인이 있는 카페도, '저 사람 회사 생활은 못 했겠네' 싶은 고집 있는 인상의 주인이 있는 카페도 이제 다 좋다. 자신을 드러내거나 드러내지 않기로 한 누군가의 결정이 흥미롭고 나는 어디서든 뭐든 구경하려는 관광객이 된다.(나는 무표정한 바리스타가 내려 주는 커피가 어쩐지 엄청 맛있을 것만 같다는 편견을 갖고 있다.)

작은 카페들의 특징이라면 역시 카페 운영의 역동성을 들 수 있겠다. 인테리어 공사나 리뉴얼과 같은 거창한 과정을 거치지 않고도 조금씩 천천히, 충분히 변할 수 있는 곳. 벽면에 붙은 포스터나 엽서들이 한 번씩 바뀌고 신메뉴 출시 소식은 색지 위에 자필로 적혀 안내되는 곳. 그곳은 최종이나 완성과 같은 단어들과는 어울리지 않는다. 그 공간만의 고유성이 연속성을 갖고 만들어지고 또 증명된다. 하루하루가 쌓이고 한 해 두 해가 지나야 알 수 있는 것들이 있음을 그렇게 나도 배운다.

매장 구성의 개별성은 또 어떠한가. 홀에 테이블을 최대한 많이 두는 카페가 있는가 하면 테이블 사이 공간을 널찍하게 두어 수용 가능 인원수를 확 낮춘 배짱 좋은 카페도 있다. 자신이 좋아해 본 적 있는 모든 것을 전시하는 카페가 있는가 하면 손님과의 거리로는 이 정도가 딱 좋겠다고 마음먹은 듯 깔끔함과 세련됨으로만 공간을 꾸민 곳도 있다. 카페 주인이 세상과 교류하는 속도와 밀도를 닮은 아주 작은 카페들. 이제 나는 그런 곳에 마음도 가고 몸도 가고 돈도 간다.(그렇다고 스타벅스 안 가는 거 아님.)

이게 진짜 커피예요. 오직 핸드드립 커피만 판매하는 곳이 있는가 하면 더 이상 신메뉴를 출시해 낼 수 없을 것만 같은 화려한 라인업을 준비해 둔 곳도 있다. 여긴 달고나커피 없냐는 질문에 자세 잡고 커피의 역사를 설명하려 드는 자부심 가득한 주인과, 이번엔 에스프레소에 자몽청을 섞어 볼까 부지런히 새로운 메뉴를 고민하는 주인을 모두 만날 수 있는 곳. 그 모든 권한이 자유롭게, 그래서 자연스럽게, 아주 작은 카페들을 채우고 있다.

손님의 얼굴을 기억하고 싶어 사람의 눈동자를 진하게 쳐다보며 인사하는 주인과, 여기서는 커피로만 얘기하시죠, 선 딱 긋고 물러선 주인도 만나 볼 수 있는 곳. 자신을 아는 체하는 카페가 다정하다고 느끼는 손님과, 또 오셨네요 하며 주인이 반갑게 인사하는 순간 익명성을 침해받았다고 느끼는 손님 모두 따뜻한 차 한잔 마시고 일어서는 곳. 모두가 자신의 세계를 머리에 이고서 또 다른 누군가가 머리에 이고 온 세계를 마주하며 짧게 인사한다. 라테 주세요. 라테 한 잔 나왔습니다. 그렇게 우리는 잠시 공존한다.

통합이 있으려면 그 전에 분리의 시간을 겪어 내야 한다. 조화로움에 닿기 위해서는 균열의 과정을 통과해야 한다. 그리움 앞에는 아픔이, 존중 앞에는 미움이.

나는 그 모두가 사랑이라 믿는다.

가려던 카페 출입문에, 사정이 있어 오늘 하루 카페를 쉰다는 안내문이 A4 종이에 펜으로 적혀 유리문 안쪽에 붙어 있다. 오늘 하루 잘 쉬고 나면 내일을 살아갈 수 있을 거라는 그들의 믿음이 내게 힘을 준다. 영원히 멈추지 않기 위해 잠시 멈추는 것을 택할 줄 아는 누군가가 적은 손 글씨. 나는 걸음을 멈추고 종이 위 글자들을 천천히 읽는다.

오늘은 쉽니다. 내일 뵙겠습니다.

동네 산책은 집 앞 횡단보도에서 시작한다. 신호를 기다리고 있으면 길 건너에 2층짜리 카페가 보인다. 2층 창가에 일자로 놓인 테이블에 띄엄띄엄 앉은 사람들 얼굴을 볼 수 있는 곳. 그곳을 1번 카페라고 하자.

코로나 팬데믹이 시작된 뒤 오픈한 가게답게, 거리 두기가 가능할 수밖에 없는 구조를 카페 안에 구현해 놓았다. 카페에 들어서면 커다란 키오스크 기계가 손님을 맞고, 진동벨도 키오스크 옆 기계가 자동으로 건넨다. 몇 번 손님 커피 준비됐다는 직원의 육성조차 필요 없는 곳. 전염병 창궐 시대에 대인 간 타액 교환 가능성을 최소화한 반가운 세팅이다. 카페에서 커피 한 잔 주문하며 직원과 주고받는 내용 없는 짧은 대화가 그날 하루 유일하게 사람과 나누는 이야기였던 이들은 두 번 다시 들르지 않을 곳이겠다.

음료는 캔으로도 포장해 갈 수 있다고 벽에 붙은 포스터가 안내한다. 작은 빨대 구멍을 통한 외부 공기와의 접촉마저 통제할 방안을 마련해 놓은 그 치밀함에서 나는 1번 카페 주인의 망하고 싶지 않은 각오를 읽는다.

건물 1, 2층을 모두 사용하고 있는 1번 카페는 그런데 특이한 점이 있다. 카페의 정체성을 나타낼 만한 인테리어가 1층에만 되어 있다는 점이다. 직원과 손님의 동선을 최소로 교차시키는 데 심혈을 기울인 운영 방식을 떠올려 보면 엉뚱한 마무리가 아닐 수 없다. 그리고 바로 그 지점이 나를 1층 카페에 반하게 한다.

에라, 모르겠다, 그냥 1층만 카페로 쓸까? 개업을 준비하던 자의 고민과 고뇌가 고스란히 느껴진다. 대학교 강의실 하나를 대충 '회의실'로 꾸며 놓은 듯 무색무취한 공간인 2층엔 눈에 띄는 요소 하나 없다. 벽에 걸린 그림들조차도 뒤돌아서면 전혀 기억할 수 없을 것 같은 작품들이다.

너무 애쓰지 않아도 된다는 허락을 자신에게 내린 용감함. 다층 카페의 경우 모든 층이 통일감 있어야 한다는 상식을 뒤엎는 과감함. 대차게 놓아 버린 공사. 거기서 느껴지는 어떤 이의 낙천성과 배짱 같은 것이 어쩐지 내 마음을 편하게 한다.

자, 이제 1번 카페를 끼고 골목으로 들어가 보자.

서른 걸음을 채 채우기 전에 2번 카페가 나온다. 2층짜리 오래된 양옥집 1층을 개조해 만든 2번 카페가 있는 골목에는 그 카페를 제외하고는 상가 하나 없다. 오래되고 조용한 주택가. 나와 취향이 비슷한 사람이 그 골목에 살고 있다면 카페가 공사를 막 시작했을 때부터 흥분했을 것이다. 골목의 생기를 넘어 자신의 일상에도 활기를 불어넣어 줄 것이 분명한 카페 오픈을 기다리며, 디저트는 뭘 팔려나 며칠을 설렜을 것이다. 커피 맛이 중간만 되어도 매일 사 먹으리라 다짐했을 것이다.

카페 안에는 겨우 두 개의 테이블이 있는데 그중 창가 커다란 테이블에는 언제나 주인이 앉아 있다. 나는 카페 주인이라면, 왠지 제일 구석 자리에 앉아 있다가 손님이 들어오면 재빨리 일어나는 게 맞지 않나 생각하는 사람이었다. 나였다면 구석에 있는 작은 테이블에 앉아 있었을 것이다.

그래서 그에게 반했다. 손님이 없을 땐 주로 창가를 향해 앉아 태블릿 PC를 보고 있는데 심지어 손님이 카페로 들어서고 있는 순간에도 두 눈동자는 여전히 태블릿 PC 화면에 머물러 있는 그 몰입과 순수함에 반해 버린 것이다. 매출이 발생하고 있지 않는 시간에 자영업자가 짓고 있는 표정이라기엔 왠지 어울리지 않는 그 얼굴이, 나를 사로잡았다.

아마도 천성이지 싶은 그의 서두르지 않는 모습을 엿볼 때, 내 어깨에 들어간 힘의 크기를 자각했다. 그 카페를 지날 때마다 숨 한번 크게 쉬고 어깨의 힘을 뺐다. 손님이 있든 없든 드라마에 몰입할 수 있는 그 천진난만함이 그곳에서 파는 커피를 마시면 잘 잠들 수 있을 것 같다고 믿게 만들었다.

2번 카페를 지나 골목 끝에서 왼쪽으로 돌면 이제부터는 진짜 집중해야 한다. 나의 순찰을 기다리고 있는 카페가 그 골목에만 하나 둘 서이 너이……

나는 3번 카페를 '와플 카페'라 바꿔 부른다. 갖가지 카페모카 위에 얹은 생크림을 엄청나게 먹어 온 나로서는 생크림을 입에 대자마자 그 수준을 알아낼 수 있는데 이건 도저히…… 이게 어떻게 2,500원짜리 와플일 수가 있죠?(지금은 3,500원으로 올랐음.)

한번은 3번 카페에서 애플시나몬 와플을 주문하며 계핏가루를 많이 뿌려 달라고 한 적이 있었다. 그런데 그다음 번에 같은 와플을 주문하자 3번 카페 주인이 그걸 기억해 줬다. 지난번에 계피 많이 뿌려 달라고 하지 않으셨나요?

순간 나는 그 어디서도 관심이라고는 받아 보지 못한 아이가 된다. 그간의 긴긴 설움이 순식간에 녹아내리고 어디서도 채울 수 없었던 빈 구멍이 서서히 찰랑이며 차

오르는 것을 느낀다. 이곳을 좋아하고 싶다고 생각한다. 이 와플 진짜, 나 매일매일 사 먹고 싶어요.

싫어했으면서. 그렇게 나를 기억하고 알은체하는 곳, 고맙다며 활짝 웃어 놓고 다시는 가지 않았으면서.

내가 너무 특별해 어쩔 줄 모르던 시절의 나를 떠올리는 건 언제나 불쾌하다. 머리로는 자신이 먼지 같은 존재라고 생각하면서도 가슴 한편에선 여전히 거인이었던 시절의 마음은 아주 마뜩잖다. 그런데 거인이 어떻게 먼지가 될 수 있지? 거인이 먼지가 되는 일에는 얼마나 많은 미움과 안쓰러움이 필요할까.

3번 카페 주인이 내게 베푸는 친절과 호의의 어디까지가 영업을 위한 장삿속이고 어디까지가 타고난 다정함일지 나는 모른다. 그건 내 쪽에서는 알 수 없는 것일 테고 내가 알아야 할 것도 아니었다. 나는 그곳에 앉아 커피와 와플을 맛있게 먹고 잠시 쉬어 갈 뿐이다. 때 되면 일어나 떠나면 그뿐이었다.

내가 카페 주인들에게 특별한 손님으로 기억될 이유는 없었다. 그 주인이 나를 두고 '저 사람 꽤 괜찮네'라고 생각하게 만들어야 하는 것도, 주인이 나를 몰상식하다고 말할 일은 절대 만들지 말자고 다짐해야 하는 것도 아니었다. 우리는 서로에게 자유로우며, 지금 여기서 잠시

스쳤을 뿐이다. 그 카페에서 계속 애플시나몬 와플을 온 전히 맛보려면, 나는 그걸 알아야 했다.

그러던 어느 날 3번 와플 카페 옆옆 건물에서 인테리어 공사가 시작됐다. 분위기가 심상치 않다. '어째 여기 카페가 들어올 것 같단 말이지?'라고 생각만 했을 뿐인데 며칠 뒤에 그곳에 카페가 들어올 거라는 안내문이 붙었다. 그렇다. 나는 이제 언어 및 시각적 단서가 전혀 없는 상황에서도 카페의 냄새를 맡을 수 있는 경지에 오른 것이다.

나는 그 어느 때보다 예민하게 순찰을 시작한다. 저 돔형의 창틀은 뭐지? 저 원목으로 만든 출입문 하며 그 너머로 보이는 아이보리색 린넨 천 말이야, 저건 너무 수상하단 말이지. 주인 안목이 보통이 아닐 수도 있겠어…….

카페의 모양을 갖춰 가는 4번 카페는 아, 너무나도 예쁘다.

갑자기 나는 4번 카페의 커피가 맛있을 (최악의) 경우를 대비하려는 마음이 된다. 만일 저 인테리어에 커피까지 맛있는 곳이라면? 직격타 받을 카페만 이 구역에 하나 둘 서이 너이……

그래서 제가 누구냐고요? 당신이 누군데 카페 순찰을 돌고 있느냐고요?(참고로 경찰은 아닙니다.)

이걸로 돈을 벌고 있지는 않으니 직업은 아니고요, 음. '카페 지키미' 정도가 어떨까요?(네? 이건 그냥 오지랖이라고요?)

이하는 우리 동네 '카페 지키미' 윤리 강령이다.

- 새로 생긴 카페는 섣불리 방문하지 않는다. 매출에 타격을 입을 카페들을 지지하는 차원에서 한 달 정도는 새로 생긴 카페에 들르지 않는다.(일종의 텃세 부리기)
- 새로운 카페에 들어서는 손님들의 연령과 인상 착의를 관찰해 기존 카페들의 고객층과 얼마나 겹치는지 비교 분석한다.
- 객관적 심사를 위해 카페 첫 방문에 앞서 방문 후기는 검색하지 않는다.
- 커피를 주문하며 주인의 인상을 민첩하게 살핀다. 단, 눈에 띄지 말 것.(두리번거리기 절대 금물)
- 음료는 일단 카페라테로 주문하고, 카페에서 직접 굽는 디저트가 있으면 하나 주문해 함께 맛본다.

- 카페를 나선다. 아무도 내가 비밀경찰(어느덧 경찰이 되어 있음)이었음을 모르도록 주의하며 조용히 카페에서 퇴장한 뒤 스무 걸음쯤 걸은 뒤 뒤돌아보며 재방문 여부를 결정한다.

4번 카페를 방문한 저의 소감은 이렇습니다. 다들 큰일 났어요, 큰일!

다만 나를
구하소서

대학 친구 다미가 자신의 사무실 자리를 찍은 사진 한 장을 보내 왔다. 모니터 옆 달력과 그 옆 연필꽂이 앞에 두 잔의 커피가 아직 종이 캐리어 안에 담겨 있다. 사진을 보자마자 웃음부터 나온다. 투명한 용기 안의 저 검은 음료는 아이스 아메리카노겠고, 그 옆 종이컵에 담겨 뚜껑 덮여 있는 저 따뜻한 음료는 왠지 캐러멜마키아토 같아 "혹시 저거 캐마"냐 물으니 "역시!"라는 대답이 돌아온다.(급기야 이런 경지에 오르게 됐……)

보나마나 이번에도 둘 다 본인이 마시려고 샀을 거다. 잠을 깨워 줄 아이스 아메리카노와 영혼을 데워 줄 캐러멜마키아토 중에 뭘 마실까 결정하지 못하다가 출근 시간 임박해 결국 두 잔 모두 시킴으로써 고민을 종결한 그녀.

카페를 빠져나온 다미는 서둘러 회사 건물에 들어서고 엘리베이터를 기다리며 서 있다. 친하지 않은 동료 하나가 다미에게 아침 인사를 건네며 커피 하나는 누구 사다 주는 거예요? 말을 거는데 나만큼이나 둘러대는 말 못하는 다미는 조용히 대답했을 것이다. "아, 이거 둘 다 제가 마시려고 산 건데……."

엘리베이터 앞에 서 있던 다른 사람들의 표정이 어땠을까.

어떤 심리가 반영된 건지는 모르겠지만, 나는 무슨 음료를 먹을지 선뜻 결정하지 못하는 사람들을 좋아한다. 카운터 앞에서 하염없이 시간을 끌며 메뉴판을 뚫어져라 쳐다보고 있는 이들에게 마음이 기울고 만다.

카페 직원이 와플에 넣을 블루베리를 씻다가 급히 손을 닦고 카운터로 달려와 자신의 주문만을 기다리고 있음을 알지만, 그래서 빨리 저 직원이 다시 블루베리를 씻을 수 있도록 해 주고 싶지만, 그런 마음이 굴뚝같지만 그러지 못하는, 그게 잘 안되는 사람들. 커피를 쏘기로 한 이가 신용카드를 이미 꺼내 들고 자신의 최종 결정만을 기다리고 있음을 알지만, 그래서 이미 저쪽 테이블에 자리 잡고 있는 일행들 곁으로 다가가 오늘 내가 쏘는 커피 맛있게 마셔들, 모처럼 생색낼 수 있게 도와주고 싶지만 그게 안되어 괴로운, 그렇다고 아무거나 주문할 수는 없어서 그저 초조하게 메뉴판을 응시하고 있는 사람들. 나는 그런 사람들을 사랑하고 있는 것이다.

커피 한 잔으로 무언가를 채울 수 있다고 믿는 이들의 망설임과 잠시나마 행복해질 자신을 상상하는 그들의 희망. 그들은 크림라테와 카페라테가 완전히 다른 무엇임을 알고 있다. 고소하고 진한 라테를 마시고 싶은 기분과 우유크림 올라간 달달한 크림라테 마시고 싶은 마음은 완전히 다르다. 좋아서 들뜬 마음이든 어쩐지 우울한 마음이든 갑자기 불어닥친 감정을 고르게 만들고 싶을 땐 시럽 없는 라테가 좋겠다. 그 고소하고 진한 커피가 마음의 균형을 잡아 줄 것이다. 어떻게든 에너지를 끌어올리고 싶은 날엔 크림라테가 그걸 도와줄 것이다. 그 달콤쌉싸름한 맛에 눈이 번쩍 떠질 것이다. 어떻게든 되겠지. 입술에 묻은 크림, 혀로 쓱 훑어 내며 그래 일단 계속 가 보자는 마음이 된다.

어쩌면 그들은 용기 있는 사람들이다. 그렇게 메뉴판 앞에 서 있는 동안, 자신의 마음을 한번 산란하게 흔든 뒤 떠오른 것들 하나하나가 가라앉는 장면을 들여다봐야 하기 때문이다. 그걸 기다려야, 견뎌 낼 수 있어야 하기 때문이다.

마음을 살피는 일이란 나를 마주하는 일이고, 나를 마주하는 일은 무서운 일이고, 그래서 가능하면 미뤄 두고 싶다. 아직은 아니란 말이에요.

가라앉을 것들은 가라앉을 때까지 기다리자고. 떠오르는 것들은 과감히 건져 내 바람과 햇볕에 말리자는 생각으로 자신을 살피는 담대한 마음. 커피 하나를 고르는 데도 그렇게 오래 걸리는 이유는 바로 거기에 있는 것이다.(죄송한데, 지금 바닐라라테로 바꿔도 되나요?)

기분에 따라 어울리는 음료가 따로 있고 거기에 맞는 디저트도 따로 있으며 그 커피가 가장 맛있는 날씨와 시간대가 존재한다고 믿는 이들. 커피 한잔에 안도하는 스스로를 허락하고 커피 한잔이 자신을 진정시킬 수 있도록 기다릴 줄 아는 이들. 나는 그들을 보며 삶에 대한 애착과 희망을 떠올린다.

각자가 살아 내는 삶의 질감과 형태는 모두 다르지만 순간순간 자신이 해 볼 수 있는 뭔가를 시도하는 사람들. 자신을 홀대하지 않는 사람들.

커피에 관한 글을 쓰겠다고 마음먹었을 때 결국 커피가 아닌 다른 이야기를 하게 될 걸 알고 있었다. 커피라는 음료에 관해서가 아니라 커피에 투영했던 내 모든 것에 대한 이야기가 될 걸 알고 있었다. 커피 한 잔의 확보가 내게 어떤 의미였는지, 거기에 내가 얼마나 의지해 왔으며 때론 집착해 왔는지. 그러니까 그 작은 음료 하나가 나를 어떻게 구해 줬는지에 관해 쓰게 될 걸 알았다.

그러니까 이 글은 나의 환상과 나의 투사에 관한 글이다. 마시지도 않을 커피 한 잔을 책상 위에 올려 두고서 나를 다독였던 시간, 그 시간에 관한 이야기들이다. 내 마음대로 해 볼 수 있는 것 하나는 곁에 확보하고 불안을 잠재워야 했던 순간들의 모음집. 거기에 부제를 붙인다면 '커피와 카페에 과도하게 의미 부여하며 살아온 한 사람이 마신 723잔의 커피 이야기'쯤이 될 수 있으려나? 그렇다면 이 글은 정신과 의사인 어빈 얄롬의《나는 사랑의 처형자가 되기 싫다》에 나오는 상담 사례로 등재될 만한 이야기라고도 할 수 있겠다.

그건 사랑이 아니라고, 그건 당신의 착각이고 허상이며 환상이고 집착일 뿐이라고, 당신 혼자 그 사람과의 관계에 의미 부여해 가며 하루하루를 겨우 버티고 있었겠지만 이젠 그 환상에서 벗어나야 한다고, 그래야 진짜 세상을 만날 수 있다고, 그래야 두 발로 똑바로 땅 딛고 설 수 있다고. 그러나 상담사는 내담자에게 선뜻 진실을 말할 수가 없다. 지금 이 사람은 그 환상 하나로, 그 관계가 사랑이라고 믿어 왔기에 여기까지 올 수 있었음을 알기 때문이다. 사랑이 아니었지만 사랑이라 믿었기에 오늘의 허무를 견디고 아직 살아 있음을 알고 있기 때문이다. 상담사는 사랑의 처형자가 되기를 주저한다.

나는 이제 어떻게 될까.

환상을 마주한 나는 이제 커피를 좀 줄이게 될까? 커피에 부여했던 수많은 의미를 하나씩 거두고 모두 제자리로 돌려놓고 나면, 커피와 나 사이의 거리는 어떻게 될까. 모든 것을 다 알아채고 나서도, 부정할 수 없을 정도로 다 알아챈 뒤에도, 나는 여전히 커피를 사랑하는 사람일까?

그런데 잠깐, 잠깐만요. 우리 잠시만 더 얘기해요. 혹시 이건 어떨까요. 지금까지 제가 마셔 온 것이 커피가 아니었다면요. 그러니까 이 한 잔의 커피로 구원받을 수 있다는 환상만 마셔 온 거라면요? 그렇다면 저는 아직 커피를 한 번도 마셔 본 적 없는 사람일 수도 있는 거잖아요. 그럼 이제부터 진짜 커피를 마셔 봐야 하는 거 아닐까요?

한 번씩 상상한다. 내가 아이를 낳은 시점이 지금으로
부터 천 년쯤 뒤였다면 어땠을까.

장애가 있는 한 인간이 장애가 없는 상태로 되돌려지
거나 고쳐지는 것이 너무 간단한 일이라면, 수술까지 갈
것도 없이 노란색 알약 하나를 열흘쯤 같은 시간에 복용
하거나 3시간짜리 수액 한 팩을 맞기만 해도 해결되는 그
런 때라면 어땠을까. 혹은 사회복지 관련 일들에 사람과
아이디어와 돈이 몰리는 시대라면. 그래서 스스로는 아
무것도 할 수 없는 내 아이를 내려다보면서도 내가 무너
지지 않을 수 있다면.

아니면 이건 어떨까. 배 속 아이에게 장애가 있고 없
고의 일이, 배 속 아이가 여자아이거나 남자아이인 일과
다르지 않았다면. 아니면, 내가 누구보다 단단한 자아를
가진 덕분에, 나와 눈 맞추지 않고 먹지 않고 걷지 않고
내게 사랑한다고 말하지 않는 아이에게도 아, 너는 그런
아이로구나, 하면서 그 아이를 존재 자체로 반길 수 있었
다면. 그랬다면 나는 오늘 아침으로 식빵에 잼 발라 먹을
까 냉동실에서 인절미 꺼내 먹을까 고민하는 동시에 그
음식물로 내 안의 무엇을 위로하려 들지 않을 수 있었을

까. 내가 하는 많은 것을, 내가 하는 거의 모든 것을 내 비통함에 대한 보상으로 생각하지 않을 수 있었을까. 그랬다면 나는 지금, 태연하게 사과나무 한 그루를 심고 있었을까?

설명할 수 없는 시간들이 있었다. 전달할 언어가 없고 어떻게 해도 표현될 수 없을 것 같아 시도할 엄두조차 내지 못한 채 내 쪽에서 먼저 삼킨 마음들이 있었다. 조금도 덜어 내지 못하고 온몸으로 감당할 수밖에 없던 시간의 무게가 있었다. 그걸 다 기억하면서는 도저히 살아 있을 수가 없어 봉인해 둔 이야기들. 아무리 숭고한 의미와 그럴듯한 해석을 갖다 붙여 사건과 기억을 왜곡시켜 보지만 좀처럼 그 크기를 줄이지 않는 공포를 품고 살아야만 하는 누군가의 이야기.

그걸 다 잊게 해 주신다면. 잠시라도 그게 가능하게만 해 주신다면. 조용히 물거품이 되어 사라질게요, 네?

깊은 바닷속에 어여쁜 인어공주가 살고 있었다.

아이를 학교에 보낸 뒤 나는 카페를 찾는다.

한 시간여 아이가 곁에 없는 시간, 운 좋은 날엔 30분쯤 카페에 앉아 있을 수도 있다. 오롯이 혼자일 수 있는 완전한 30분의 확보. 카페라테 4,500원은 전혀 아깝지 않다.

남는 시간이 30분일 땐 테이크아웃만 되는 근처 카페에 무리 없이 다녀올 수 있을 것이다. 줄 서 있는 손님이 없다면 커피를 받아 들고 나와 그 옆 빵집에도 들를 수 있겠다. 시간이 25분쯤 주어진다면 카페에 갈지 말지를 아이 학교에 주차하면서 이미 결정해야 한다. 그래야 아이의 다음 스케줄에 늦지 않을 수 있다. 25분 안쪽으로 시간이 난다면 경보는 기본이고 때론 뛰어야 한다. 시간이 17분쯤 남았을 땐 어차피 카페는 못 가니 마음을 접는다. 집에서 애 옷 입히고 나올 때부터 서두르던 동작과 조급한 마음이 비로소 느긋해진다. 아이를 교실에 데려다줄 때는 심지어 콧노래를 부르게 된다. 무얼 해도 괜찮고 어떻게 되어도 상관없다. 꽉 쥐고 있던 것을 탁 놓았을 뿐인데, 완전한 자유가 선물로 주어진다.

내 오른쪽 어깨에 안은 아이의 목덜미에 코를 대고 냄새를 맡는다. 벌써 초등학교 4학년이지만 아직 아기 냄새가 난다. 볼에 난 솜털에 내 코를 비빈다. 순간 나는 실존의 감각을 느낀다. 카카오톡 상태 메시지에 백날 "카르페 디엠"을 써 놓아도 한 번을 느끼지 못했던 감각이, 현재를 누리고 사랑하라는 죽은 이들의 당부가, 비로소 내 안에서 실현된다.

어쩌면 나는 삶을 견딜 수 없는 건지도 모른다.

단 하루 만에 내게 일어날 수 있을 일들의 스케일이 나를 겁준다. 아주 작고 사소해 보였던 선택이 내 삶의 방향을 결정적으로 틀었음을 깨닫게 될 순간이 두렵다. 단 몇 분만의 발작으로도 사람은 사지가 마비되고 눈이 멀수 있다는 사실이, 한순간에 사람이 죽거나 죽은 거나 마찬가지인 상태가 될 수 있다는 사실이, 그걸 내가 알고 있다는 사실이, 고통스럽다.

그렇다면 어떻게든 커피 한 잔 손에 쥐고 있으려던 나의 집요함은 '그럼에도 살기로 선택한 이가 고통에 대처하는 방법'이었다고 말할 수 있을까. 나를 죄어 오는 거대한 불안을 도저히 감당할 수 없어 내가 발달시켜 온 일종의 방어기제일 수 있을까.

생일파티에 애들이 안 온다고 하면 어쩌지, 엄마가 잡채를 저렇게 많이 했는데. 생일날 아침 눈을 뜨며 그런 것부터 걱정했던 아이는, 냉장고에 하나 남은 컵커피를 오늘 밤 마셔 버리면 내일 아침엔 어쩌지, 불안해하다가 하나 더 사다가 채워 넣고서야 안심하는 어른이 되었다.

내 삶을 진정시킬 무언가를 찾아 헤매던 나는 돌고 돌아 이제 아이 앞에 서 있다. 아이의 상태를 살피며 확인하는 일로 나는 내 오랜 불안을 다루고 있는지도 모를 일이다. 불안에서 너무 멀어지지도 가까워지지도 않으려 애쓰면서, 현실을 완전히 잊지도 현실에 매몰되지도 않으면서 그렇게 아슬아슬하고 성실하게 내 불안과 함께 살아가고 있는지도 모른다.

커피를 마시는 동안에는 내가 직전까지 어디서 무얼 하던 사람인지 전혀 중요하지 않게 되는 그 산뜻한 장면 전환이 좋다. 내 앞에 놓인 고작 커피 한 잔이 나의 호흡을 한 템포 느리게 만들어 주는 것도, 뜨거운 김이 조금 식는 동안 숨 고를 시간이 주어지는 것도 좋다.

왜 그렇게 슬픈 눈을 하고 있느냐고 꼭 묻지 않아도, 혹시 커피 좋아하시면 이거 드실래요, 마음을 건넬 수 있게 해 주는 커피가 좋다. 커다랗고 무거운 이야기를 꼭 나누지 않아도, 커피만으로 서로 위안을 주고받을 수 있다는 것이 나는 좋다.

내가 있는 곳의 안과 밖 그 무엇 하나 바꿀 수 없어도, 안과 밖 그 너머에서 내 삶을 잠시 관조할 수 있게 시간을 멈춰 주는 커피가, 나를 살렸다.

그러니까 이것은 커피 이야기일 수 없는 것이다.

그래서 내 앞에 놓인 이것이 커피만은 아닌 것이다.

누구에게나 한 모금의
환상은 필요하다

자신의 삶을 변화시키고 싶은 이들이 결국 접하게 되는 메시지는 두 가지일 것이다. 하나는 동기 부여, 목표 설정, 시간 관리 등에 관한 실천 방법을 제시하는 자기 계발에 관한 이야기. 다른 하나는 궁극적으로 마음을 편안하게 만들어 주는 심리에 관한 이야기이다. 자존감 높이기, 자기 이해, 자기 수용 등 어떻게든 내 것으로 취하고 싶은 '비로소 다다른 상태들'이 검색 몇 번으로 와르르 쏟아져 나온다.

모두가 변화에 관해 이야기한다. 달라짐의 순기능에 대한 믿음과, 노력한다면 달라질 수 있다는 확신 그 두 가지를 전제로 나온 이야기들. 순식간에 빠져들 것이다. 지금과는 다른 인생을 살 수도 있을 거라는 잠깐의 상상이 마음을 들뜨게 한다.

그런 점에서 자기 계발서는 기능적이다. 이렇게만 하면 당신도 거기에서 벗어날 수 있다고 말하는 그들의 어조는 확고하게 희망적이다. 그런데, 시행착오 끝에 얻은 지혜를 아예 떠먹여 주다시피 하는 그들의 친절에 어떤 이는 주눅이 들고 만다. 그다지 변할 마음이 없는(혹은 반복된 실패로 이전보다 더욱 움츠러든) 자신을 두고 뭔가 잘못 살고 있는 거라 말하는 것만 같아 불편해지고 만다. 나는 이제 막 '자기'를 알아 가기 시작했는데 누군가는 그 자기를 '계발'하라고 재촉한다.

심리 치료에 관한 콘텐츠들도 마찬가지다. 그동안 알아채지 못했던 내 마음이 그래, 저거였던 것 같아. 간절하게 찾아 헤맨 말들이 휴대폰 속 작은 화면에서 줄줄이 나온다.

멈출 수 없을 것이다. 한동안 비슷한 책을 주야장천 읽거나 '나를 울려 버린' 채널의 영상을 밤마다 정주행하며 그동안 몰라보거나 모른 척해 왔던 자신의 마음에 성큼 다가가는 것 같을지도 모른다. 다정하고 안전하다고 느낄 것이다. 이제부터는 누구도 나를 함부로 평가하고 저울질하게 두지 않겠다며 스스로를 지키려는 각오가 설 것이다. 아무도 말해 주지 않았던 '나를 사랑하는 방법'을 이 책 한 권이, 이 영상 하나가 내게 알려 주었다며 그 놀라움을 주변 사람들에게도 전하고 싶어 한동안 여기저기 추천하게 될지도 모른다.

그러나 해법을 찾았다는 흥분은 차차 가라앉고, 그 깨달음을 내 삶에 적용하며 살아갈 일만 남은 어느 날, 여전히 흔들리는 나를 보며 당황하고 만다. 몸과 마음에 밴 어떤 시간이 아직 나를 놓아주지 않고 있다. 내 안의 그것이 사라지지 않았다.

스스로 실망할 기회를 만든 것만 같아 이전보다 더 크게 무너지는 듯도 하다. 나는 나의 '심리'라는 것을 이제 겨우 마주 볼 수 있을 것 같은데, 그 심리를 '치료'할 수 있다고 호언장담하는 얘기들에 불현듯 거리감을 느낀다. 자장가처럼 나를 달래던 말들이 아주 먼 곳에서 울려 퍼지는 듯 웅웅거린다.

자기 계발이나 심리 치료, 모두 몰입할 의미와 가치가 있는 주제들이다. 변화하고자 하는 이들에게는 한동안 그만한 동반자도 없을 것이다.

그런데 나는 그것들에 코웃음 치고 싶은 시간을 보냈다. 나에게 변화가 필요하다는 데까지는 동의했지만, 달라지고 싶지 않았고 나를 변화시키면서까지 도달하고 싶은 곳이 없었다. 내가 어디에서 어떻게 살고 있든, 그 모

양새를 두고 남들이 뭐라 하든 아무런 상관없는 시간이
세상에는 존재했다. 내 목숨만 겨우 살아 있게 하고, 아무
것도 하지 않기로 했는데도 그래도 괜찮은 시간이 있었
다. 하나도 아쉽지 않았다. 누구도 무섭지 않았다.

며칠 혹은 몇 개월쯤 '행동 개선'이나 '다르게 생각하
기'를 실천해 볼 수는 있겠으나 결국 흉내 내기에 그치
리라는 것을 시작도 전에 알고 있었다. 내 안의 누군가가
'차라리 가만히 있어라' 명령했다. 내 손으로는 끝내 쫓아
낼 수 없었던 전능감이 그렇게 내 안에서 사라졌다. 그리
고 그 자리에, 기다렸다는 듯 자기혐오가 들어왔다. 어쨌
든 무언가로 내가 다시 채워졌다.

🍃

아이에게 장애가 있을 거라는 걸 알았을 때 나는 이민
을 떠올렸다.

장애가 있는 내 아이가 살아가야 할 환경을 더 좋은
곳으로 만들어 주자. 그런 곳으로 내 아이를 데리고 갈 수
있느냐 없느냐가 내가 좋은 엄마인지 아닌지를 판가름하
는 유일한 척도가 된다는 듯 각오를 불태웠다. 이민의 명
분이 너무 그럴듯해 그 상황이 마음에 들기까지 했다. 이

때다. 지금이라면, 떳떳하게 도망칠 수 있어.

아이에게 장애가 있다는 이유로 엄마인 내가 관심과 동정의 시선을 받지 않아도 되는 곳으로 떠나고 싶었다. 저런, 어쩌다가 쯧쯧. 장애인을 연민하지 않는 분위기가 조성되어 있는 곳으로, 환상의 나라로 가자.

지구상 어떤 곳에서는 장애인에 대한 인식이 우리나라와는 다르다는 '소문'을 내 눈으로 목격한 적이 있었다. 어학연수로 미국에 갔던 2006년에 휠체어 탄 장애인이 시내버스에 탑승하는 모습을 자주 봤다. 사람들은 어딘가로 가기 위해 버스를 탔고 나 역시 아침 일찍 어학원에 가는 길이었다. 버스 정류장에서 휠체어 탄 시민 한 명이 자신의 버스에 탑승할 거라는 걸 알아챈 기사가 저상버스의 몸체를 오른쪽으로 기울였다. 기사는 자리에서 일어나 버스에서 내린다. 특별히 그 승객을 도와주고 있는 것으로는 보이지 않았다. 도와주려 유난스럽게 굴지 않았다. 나는 일단 거기서 놀랐다.

버스 기사는 그저 기다렸다. 그가 한 일은 휠체어 탄 승객이 버스에 안전하게 올라탈 때까지 그냥 무심히 기다리는 것이었다. 승객이 완전히 자리를 잡고 난 뒤 그제야 그는 버스 기사로서의 자기 일을 하기 시작한다. 버스 내 안전장치를 휠체어와 연결하고 그 연결을 재차 확인한 뒤 다시 운전석으로 돌아가 버스를 출발시켰다. 그는 딱 그것만 했다.

버스 안 승객 누구도 휠체어 탄 승객에게 집중하지 않았다. 거기서 나는 두 번째로 놀란다. 승객 누구도 엉거주춤 일어나 그를 도우려 한다거나, 이러고 있을 게 아니라 우리가 뭐라도 해야 하는 거 아니냐는 눈짓을 보내지 않았다. 그걸 정확히 기억하고 있는 이유는, 나는 그날 저 사람 때문에 학원에 늦을 수도 있겠다고 생각했기 때문이었다. 그래서 나처럼 곤란해진 누군가를 찾으려 두리번거렸던 것이다. 나와 눈을 마주치는 사람은 아무도 없었다. 오직 나만이, 그의 움직임을 힐끔거리며 그의 살아 있음을 은밀하게 동정했다.

나를 제외한 모든 승객은 하나의 단순한 사실을 공유하고 있었다. 휠체어가 곧 다리인 사람은 버스에 탑승하는 데 시간이 걸린다는 것, 그리고 시간이 얼마가 걸리든 시민이라면 누구나 버스에 오를 권리가 있다는 사실을.

휠체어를 타고 버스에 탑승하는 건 용기 있거나 별난 행동이 아니었다. 버스에 있던 다른 사람들처럼 그는 그냥 아침에 갈 곳이 있어 버스를 탔을 뿐이었다. 그래서 당연히, 그의 얼굴에 버스 출발을 지체시킨 데 대한 미안함이나 다른 승객을 향한 감사의 표정 같은 게 없었던 것이다.

버스 기사와 다른 승객들의 그 무심함이, 휠체어 탄 그 남자를 이튿날 아침에도 버스 정류장으로 나오게 할 것임을 나는 알았다.

●

어느 선진국에서는 공원에서 걷기 운동을 하고 있는 장애인에게 파이팅을 외쳐 주고 지나간다는 소문에 나는 흔들렸다. 장애에 대한 스스럼없는 시선이 너무 갖고 싶었다. 그 시선을 나와 내 아이의 것으로, 우리 가족의 것으로 만들고 싶었다. 불편한 신체와 평범하지 않은 외모나 예측할 수 없는 행동들이 사람들의 주목을 끌 수 없는 곳으로. 시민 의식이 월등히 높은 사람들 곁으로. 내 아이의 처지나 그렇게 된 사연 같은 건 별로 궁금해하지 않는 무리가 있는 곳으로 우리 가자.

그런데 만난 적 없는 외국인이 내게 외쳐 주고 있는 그 파이팅에, 나는 정말로 힘을 받았을까? 내 쪽에서도 땡큐! 하고 유쾌하게 답하며 남은 하루 버틸 힘을 정말로 받을 수 있었을까?

내 아이에게 장애가 있음을 알게 된 이들 중 누구도 아이를 낳는다는 것 자체가 원래 그런 거라고 말하지 않았다. 아이를 갖는다는 일은 건강한 아이를 낳을 확률과 장애가 있는 아이를 낳을 가능성을 모두 품는 거라고 말하지 않았다. 장애는 엄마 배 속에서도, 배 바깥에서도 생길 수 있고 그래서 우리 역시 언제든 사고와 질병으로 장애인이 될 수 있다고 담백하게 말하지 않았다.

나를 포함한 모두가 울거나 울기 직전이었다. 그걸 두고 한 생명에 대한 순수한 안타까움이나 슬픔으로 읽을 수 있었으면 좋았으련만, 나는 그만 수치스러워지고 만다. 아이의 탄생과 동시에 어디선가 탈락한, 누군가로부터 버림받은, 지독히도 운이 없는 사람이 됐다고 생각하고 말았다.

길거리에서 장애인을 마주칠 때면 소스라쳤다. 사고로 장애를 갖게 된 이들이 깔끔하게 차려입고 방송에 나와 자신들이 다시 웃을 수 있도록 만들어 준 계기를 이야기할 때 나는 소름이 끼쳤다. 보통 대단한 사람들이 아니야, 보통 존경스러운 인격이 아니야, 그들을 칭송하면서도 그 사람과 내 운명이 뒤바뀔까 무서웠다.

그런 내가 중증 장애아의 엄마가 되었다. 언제까지고 아플 아이의 엄마가 된 것이다.

장애인에 대한 우리나라 사람들의 의식 수준이 형편

없다는 근거로 나는 우리 애를 '이렇게 쳐다보고 간 저 아줌마의 시선'을 들었다. 나는 그 시선을 곧장 따라할 수 있었다. 너무 쉬운 일이었다. 그 시선은 내 안에 있던 것이기 때문이다. 엘리베이터에서 내 아이를 힐끔거리며 구경하듯 쳐다보더니 몇 층 더 내려가 탄 아이에게는 다정하게 말 걸고 있는 할머니를 보며 네 금쪽같은 손주도 반드시 이렇게 될 거야, 결국 나를 다치게 했던 기도를 나는 아무렇지도 않게 했었다. 사소한 일에 숨까지 헐떡거리며 흥분하고 분노했다.

그러나 그 형편없던 길들도 반드시 내가 내 두 발로 지나가야 하는 길이었을 것이다. 다른 사람 등에 업혀서 지나갈 수는 없는, 건너뛸 수도, 날아갈 수도, 돌아갈 수도 없는 길이었을 것이다. 거기까지 생각했을 때 이민에 대한 마음은 사라지고 없었다.

초점 없는 눈을 가진 어린아이를 칠십 평생 처음 본 아주머니가 아이고 고생이 많아요, 힘차게 잘 살아요, 다정하게 말하지 않았다고 이상할 건 없었다. 낯설고 처음 보는 광경에 놀라 주춤거리게 되는 건 인간의 자연스러운 행동이고, 필시 나라도 그랬을 것이다. 그 앞에서는 최대한 못 본 척, 놀라지 않은 척 세련된 태도로 대처할 수 있었겠지만 곧 만난 누군가에게 있잖아, 내가 아까 엘리

베이터를 타고 내려오다가 말이야, 그 장면을 묘사하며
자신의 삶에 대한 감사의 근거로 열심히 떠들어 대지 않
았을까.(나는 그거에 비하면 얼마나 감사해.)

고작 엘리베이터를 타면서도 모르는 이들에게 존중
과 위로를 받고 싶던 그때의 나를 이제 안아 준다. 그때의
네 초조함을, 그 당황스러움과 막막함을, 너의 슬픔을 다
알고 있어.

나는 환상을 갖고 있었다. 내가 받아 마땅한 누군가의
관심과 대우의 정도에, 내가 살아가고 있는 삶이 갖춰 마
땅한 질서 정연함과 내가 누리도록 예정된 안위의 수준
에 대한 환상 말이다. 만일 내 현실이 환상에 미치지 못하
면 나는 노력하지 않았거나 운이 지지리도 없는 사람이
되는 거라고 누군가 내게 속삭였다. 꼬여도 제대로 꼬인,
볼품없는 인생이 되는 거라고 겁주는 목소리에 조바심이
났다.

더 나은 삶이 있다고, 더 나은 내가 될 수 있다고, 만족
과 실망 사이를, 우월감과 열등감 사이를, 전능감과 무력
감 사이를 바쁘게 오갔다. 기쁨은, 언젠가의 슬픔에 대한
보상이었기에 온전히 기쁘지 못했다. 기쁨들을 조금씩 깎
아 아직 아물지 않은 슬픔을 메워야 했다. 현실을 매만져

최대한 환상에 가깝게 만들기 위해 나는 나 자신을, 타인을, 상황을 통제하느라 바빴고 놀랍게도 그럴 때 안정감을 느끼기도 했다. 내달릴 준비가 된, 달려야 할 트랙이 한참 남아 있는 상태의 '할 일이 많은 나'를 편안히 여겼다.

그러나 그 환상들 덕분에 여기까지 올 수 있었다. 그 환상에 기대어 나는 지금까지 살아 있는 것이다. 어떤 환상은 나를 꼼짝 못 하게 만들었고 어떤 환상은 나를 뒤에서 힘껏 밀었다. 어떤 좌절과 어떤 기대가, 어떤 절망과 어떤 꿈이, 어떤 억누름과 어떤 격려가 나를 슬프게도 하고 기쁘게도 했다.

기대했던 일들이 하나도 일어나지 않았을 때, 듣고 싶었던 말을 어디서도 듣지 못했을 때, 내가 울면서 한 말을 상대가 기억하지 못했을 때, 나는 실망하고 원망하며 나 자신의 순진함을 탓했다. 그러다가도, 또 다른 어떤 환상이 고개를 들기 시작하면 간절한 눈으로 그것을 좇았다. 자자, 그러고 있지 말고, 새로운 환상이 나를 다독이기 시작하면 다시 거기 기대고 싶어졌다. 한번 더 믿어 보자, 굽혔던 무릎을 펴고 천천히 몸을 일으켰다.

그건 아마도 내 삶에 나부터 예의를 갖추고 싶은 마음 때문이었을 것이다. 기억나거나 기억나지 않는 어떤 순간의 내가 즐거웠고 따뜻한 기분을 느꼈기에. 기억나거나 기억나지 않는 언젠가의 내가 안정감을 느꼈고 그래서 다행이라거나 감사하다는 마음을 품었었기에.

그러니까 그건, 내가 나에게 그토록 들키고 싶었던 애틋함이었을 것이다.

다음 진료일은

어때요, 환자분. 속은 좀 나아지셨어요?

에이, 선생님. 약 며칠 먹는다고 아프던 게 갑자기 싹 나으려고요. 시간이 걸리겠지요.

커피는 좀 줄이셨어요? 빈속에 커피 드시던 거 설마 계속⋯⋯ 아니죠?

저기, 그게 어떻게 된 거냐면요⋯⋯.

제가 최대 일주일까지 커피를 참아 봤거든요? 그랬더 니 좀 덜 아팠던 것 같기도 한데요, 이게 사람이 축 처지는 거예요. 뭐랄까, 생기가 없어졌다고나 할까요?

우리 어렸을 때 말이에요. 동네 어딘가에 펼쳐지던 대형 트램펄린 기억나세요? 제가 살았던 춘천에서는 그걸 '방방'이라고 불렀는데요, 울산에 갔더니 그걸 '퐁퐁'이라고 하더군요. 방방과 퐁퐁이라니. 명칭에서부터 그게 얼마나 신나는 일인지 알 수 있지요. 저는 방방을 너무 좋아해서 엄마가 과자 사 먹으라고 준 돈으로 그걸 탔어요.

초등학교 1학년 1학기 생활통지표에는 '발표력이 요구됩니다'라고 적혀 있고 1학년 2학기에는 '발표력이 더욱 요구됩니다'라고 적혀 있던 학생이 바로 저였는데요. 그런 제가 방방 앞에서는 거침없었어요. 누가 보든 말든, 사람이 있든 없든 혼자 신나게 그 위에 올라갔지요.

무아지경으로 한참을 뛰어오르다 방방 아저씨의 호루라기 소리에 내려와야 할 때면 한 번이라도 더 뛰기 위해 온몸에 힘을 주고 마지막으로 폴짝, 하늘 위로 솟아올라요. 다시 땅 위로 내려왔을 때 제 머리 모양이 얼마나 엉망진창이든, 늦게 왔다고 엄마에게 혼나든 말든 상관없었죠. 그게 진짜 진짜 재밌었거든요.

거리낌 없는, 무엇에도 아랑곳하지 않는 마음이 내 안에 존재한다는 것을 그때 알았어요. 모든 것을 감당하겠다는 마음이 제게도 있다는 걸, 그때 안 거지요.

사실 우리는 타인에 대해 이런 말 되게 쉽게 하잖아요. 나라면 그렇게 안 했을 텐데, 의 여러 버전 말들 말이에요.

그러지 않았으면 좋았을 텐데.
솔직히 거기서 그렇게 말하는 건 진짜 아니지.
걔는 애가 왜 그래?

그런데 있잖아요. 인간은 누군가의 동의를 구하기 위해 살아 있는 게 아니잖아요. 자신을 이해하고 지지하고 해석해 줄 누군가만 기다리며 살고 있는 건 아니라 이 말이죠. 물론, 타인의 시선과 반응이 꼭 필요한 시절도 존재해요. 반드시 누군가를 지지대 삼아 일어서고 걷는 연습을 해야만 하는 시간도 필요하지요. 하지만 온전히 자신의 힘으로 걸을 수 있는 때가 오면, 그때는 그 걸음마 보조기를 미련 없이 당근에 내놓아야 합니다. 보내 줘야 하는 거예요.

혹시 거지를 본 적 있으신가요? 거리의 부랑자들 말이에요. 그들은 술에 취해서든 잠에 취해서든 대부분 누워 있지요. '쯧쯧, 사지 멀쩡하게 태어났으면 어떻게든 살아 볼 생각을 해야지' 사람들은 쉽게 한심해하잖아요. 그러다 뭐라도 도움을 주고 싶어 그 거지를 깨웠다 칩시다. 이 멀쩡한 몸으로 일할 생각을 해야지 길에서 이게 뭐냐고 그를 살살 자극해 보는 거예요. 근데 노숙자가 이렇게 말한다면요?

"저는 이렇게 사는 거 싫지 않아요. 너무 덥고 너무 추울 때 빼고는 뭐, 그럭저럭 만족합니다. 사람들이 나 사람 취급 안 하는 거요? 그거 저도 기분 더럽죠. 근데 상관없어요. 제 신세가 얼마나 비참하고 수치스럽든, 세상에 다시 나갈 생각에 막막해지는 거에 비하면 아무것도 아니거든요. 근데 뭐 먹을 거 없어요? 자는 사람 깨워 놨으면 돈이라도 좀 내놓고 가요."

그 어떤 노력도 하고 싶지 않은 무력감이, 남들 시선 의식하는 사회적 자아를 완전히 이긴 거예요. 우리는 언제나 가장 지키고 싶은 것을 지키게 되어 있으니까, 그 거지는 지금 가장 지키고 싶은 걸 지킨 걸 수도 있지요. 이미 최선을 다하고 있는 걸 수 있다고요.

아니 거지들이 최선을 다하…… 환자분! 이제 정신까지 어떻게 되신 건가요?

오, 맞아요. 역시, 닥터는 닥터!

잘 들어 보세요, 리쓴.

인생은 심플해요. 무언가를 지키기 위해 무언가를 감당해 내는 일의 연속이지요. 지하 월세방에 살면서 명품 사는 사람들 있죠? 진짜 막 제정신인가 싶잖아요. 그런데 잘 들여다보면 몇 년간 쪼들리면서까지 그 명품 가방 하나를 갖고 싶은 이유가 그 사람에게 있었을 거예요. 꿀리는 기분 지겨워서 나도 한번 사 봤다 왜!

그 말을 듣고 사람들은 기막혀하지요. 쟤 인간 되려면 아직 멀었네. 남들 눈이 뭐가 중요하니! 가방이란 물건 담는 도구일 뿐 목적이 될 수 없다느니, 가방 안에 뭐가 들었느냐가 중요하지 겉봉이 뭐가 중요하냐느니. 그런 말 우리 진짜 쉽게 하잖아요. 하지만 앞으로는 쉿! 48개월 할부금 대신 갚아 줄 거 아니라면 우리 그냥 입 다물고 있자고요.

책임을 나누지도 않을 거면서 평가만 해 대는 사람들 진짜 다시는 그러지 못하도록 법적 조치 들어가 줘야 됩니다. 그토록 갖고 싶던 가방을 자신도 들고 다닌다는 만족감이나, 그럼으로써 채워지는 서러움 같은 것들 얕잡아 보면 안 된다 이거예요. 어떤 결핍이 마지노선을 딱 넘는 순간, 사람 목숨은 무게를 잃어요.

　결과에 대한 깨달음도 그 사람 몫으로 남겨 주자고요. 입을 나불거릴 권한은 우리에게 아예 없다 이거예요. 막상 명품 백 들어 보니 자신이 갖고 싶은 건 이게 아니었던 것 같다는 깨달음이든, 역시 명품은 명품! 더 열심히 일해서 가방을 또 사든 기생충처럼 누구에게 빌붙어 가방 하나 선물 받을 궁리를 하든 그건 본인 인생인 거예요. 능력을 키워 성공하든, 사기죄로 감옥에 들어가든 그건 그 사람이 감당할 일이다 이거지요. 비난을 해야 한다면 오직, 그 사람의 행동이 타인에게 끼친 영향에 한해서만 해야 해요. 그 사람의 행동으로 피해를 본 이들의 입장에서만, 그 사람이 그렇게 하지 않았다면 살릴 수도 있었을 사람들 입장에서만 떠들어야 하는 거라고요. 당신과 생각이 다르다는 이유로 해도 되는 게 아니고요.

　말이 나왔으니 말인데요, 우리 학교 다닐 때 영어 시간에 가정법이라는 걸 배우잖아요. 만약에 내가 그날 거길 나가지 않았더라면, 만약에 네가 나에게 전화를 미리 했더라면, 같은 표현들 말이에요. 그거 교과 과정에서 좀 뺄 수 있게 교육부를 설득할 방법이 없나요? 가정법이란 게 아무리 생각해 봐도 인간에게 전혀 도움이 되지 않거든요. 인생이 너무 심심해서 상상 놀이를 하지 않고는 견딜 수 없는 거라면 모를까 백해무익입니다.

우리는 신이 아니잖아요. 우리는, 모든 걸 다 해낼 수는 없는 인간이잖아요. 아닌가요?

그러니까 선생님, 저한테도 너무 뭐라고 하지 마세요.

아, 죄송합니다, 환자분. 제가 또 깜빡 졸았습니다. 뭘 하지 말라고요?

커피 마시지 말라는 얘기 말이에요. 제가 커피를 마시는 건, 다 마실 만해서 마시는 겁니다. 손가락 하나 꼼짝할 수 없을 것 같은 무력감이, 위가 쓰리고 매스꺼운 통증 따위 가뿐히 넘어서는 날이 있는 거라고요. 그런 날엔 이뇨 작용이건 불면증이건 무섭지가 않다 이 말이에요. 일단 커피를 마셔 보는 수밖에 없는 거라고요. 하지만 너무 아플 땐, 잠시 쉽니다.

이제부터 커피가 마시고 싶을 땐 맛있게 마시고, 안 마시는 게 낫다 싶을 땐 차를 마실까 봐요. 뭐, 둥글레차나 생강대추차 이런 거 말이에요. 그러니까 앞으로는 커피를, 제가 마실 수 있는 음료 중 하나로 보겠다 이 말이에요. 어머, 대박!

도대체 뭐가 대박이라는 말씀이죠?

드디어, 드디어 제가 커피를 마실 수 있게 된 거 같아요! 커피가 이제 진짜, 그냥 음료가 된 거예요, 선생님!

아니, 커피가 당연히 음료지 그럼 뭐였단 말이……

거봐요. 우리는 모두 제 속도대로 제 방향을 찾아요. 우리는 그걸 믿어야 해요. 그걸 믿고 기다려야 한다 이 말이에요. 자신에게 건넬 수 있는 최고의 친절도, 타인에게 해 줄 수 있는 최고의 배려도, 그 '때'를 함께 기다려 주는 거라고요.

최고의 선택이란 건 없어요. 지난날의 어떤 나를 인정할 수 없다느니, 지난날의 어떤 너를 이해할 수 없다느니, 그런 말들도 사실 세상에 없어도 되는 말들인 거예요. 우리는 다만, 가장 지키고 싶은 것을 지키며 살았을 뿐이에요.

그렇다면 선생님. 저도 최선을 다해 살아온 거겠네요.